藏書

珍藏版

三十六計

于立文 主编
李金龙 编

壹

辽海出版社

图书在版编目（CIP）数据

三十六计 / 于立文主编；李金龙编．—沈阳：辽海出版社，2016. 11
ISBN 978-7-5451-3864-1

Ⅰ．①三… Ⅱ．①于…②李… Ⅲ．①兵法—中国—古代 Ⅳ．①E892. 2

中国版本图书馆 CIP 数据核字（2016）第 258945 号

三十六计

责任编辑： 柳海松　段扬华
责任校对： 顾　季
装帧设计： 马寄萍
出 版 者： 辽海出版社
地　　址： 沈阳市和平区十一纬路 25 号
邮政编码： 110003
电　　话： 024-23284473
E-mail： dyh550912@163. com
印 刷 者： 三河市天润建兴印务有限公司
发 行 者： 辽海出版社
开　　本： 787mm×1092mm　1/16
印　　张： 144
字　　数： 2304 千字
出版时间： 2016 年 12 月第 1 版
印刷时间： 2016 年 12 月第 1 次印刷
定　　价： 1380. 00 元

《三十六计》编委会

总 说

【原文】

六六三十六[1]。数中有术[2]，术中有数。阴阳爕理[3]，机在其中。机不可设，设则不中。

【注释】

①六六三十六：六，阴爻（摇，构成《易》卦的基本符号）名。《易》以阳爻（连线符号）“—”表示）为九，阴爻（断线符号）“— —”表示）为六，后称太阳为九，太阴为六。这里借指阴谋权术。作者认为，阴谋权术可以变化无穷，但基本原理在“六六”之中，所以说“六六三十六”，以表示诡计变化多端。另外，本书总结的计策分六套，每套六计，共三十六计，所以这句话也有破题言纲之意。②数中有术：数，必然性，客观规律。唐刘禹锡《天论》中说：“夫物之合并，必有数存乎其间焉。”术，诡谋权术。客观规律是制造阴谋权术的依据，所以阴谋权术隐藏在客观规律之中。③阴阳爕理：“阴阳，借指对立统一的物质和精神。爕理，和理，调理。

【译文】

六乘六等于三十六，数的变易中蕴藏着谋略，谋略的运用也有数的变易。阴和阳交替动作，动作中产生了天然机变。机变是不可人为设计的，否则就要招致失败。

【按】解语重数不重理。盖理，术语自明；而数，则在言外。若徒知术之为术，而不知术中有数，则术多不应。且诡谋权术，原在事理之中，人情之内。倘事出不经，则诡异立见，诧世惑俗，而机谋泄矣。或曰：“三十六计中，每六计成为一套。第一套为胜战计；第二套为敌战计；第三套为攻战计；第四套为混战计；第五套为并战计；第六套为败战计。

【译文】

解语所强调的是重视实际筹划而反对空泛议论。因为理论只能阐明设谋定计的一般原则，而运算才能解决具体实际问题。假若只是为策略而策略，却不知策略的制定必须经过反复筹划，则那种策略是毫无用处的。而且机密的计谋和应变之策，本来就合乎事理人情；倘若漫不经心地胡乱运用，则计谋立刻被人识破，引起怀疑和惊讶，而机谋也就必定暴露无遗。有人说：三十六计中，每六计合成一套。第一套为胜战计，第二套为敌战计，第三套为攻战计，第四套为混战计，第五套为并战计，第六套为败战计。

目　录

第一套　胜战计

第二套 敌战计

第三套 攻战计

第四套　混战计

第五套　并战计

第六套　败战计

第一套　胜战计

第一计　瞒天过海

【原文】

备周则意殆①；常见则不疑。阴在阳之内，不在阳之对。太阳，太阴②。

【注释】

①备周则意怠：防备十分周密，往往容易让人斗志松懈，削弱战斗力。

②太阳，太阴：或称老阳，老阴，《易》“四象”中的两象，其余两象为少阳，少阴。汉董仲舒认为，春为少阳，夏为太阳，秋为少阴，冬为太阴（《春秋繁露·官制象天》）。或说“九为老阳七为少，八为少阴

六为老”（沈括《梦溪笔谈·象数一》）。关于它们之间的关系，刘基《灵棋经后序》中说：“少与少为耦，老阴与太阳为敌”，“或失其道，而耦反为仇；或得其行，而敌反为用。”这是说太阳与太阴二者相反，但在一定条件下又存在着统一性，即二者相反相成。

【译文】

认为防备万分周到的，就容易产生轻敌麻痹思想；平时看惯了的，就往往不再怀疑了。秘计隐蔽在暴露的事物里，而不是和公开的形式相排斥。非常公开的往往蕴藏着非常机密的。

【按】阴谋作为，不能于背时秘处行之。夜半行窃，僻巷杀人，愚俗之行，非谋士之所为也。昔孔融①被围，太史慈②将突围求救。乃带鞭弯弓，将两骑自从，各作一的③持之。开门出，围内外观者并骇。慈竟引马至城下堑内，植所持的，射之。射毕，还。明日复然，围下人或起或卧。如是者再，乃无复起者。慈遂严行蓐食④，鞭马直突其围。比贼觉，则驰去数里许矣。

【注释】

①孔融（公元一五三年——二〇八年）：字文举，东汉末山东曲阜人。孔子二十世孙。历任中军侯、虎

责中郎将、议郎、北海相等。后为曹操所杀。

②太史慈（公元一六六年——二〇六年）：字子义，东莱黄（今山东黄县）人，后避祸于辽东。其母常得孔融周济，孔融被围时，他突围求得救兵。后归东吴孙权，任折冲中郎将、建昌都尉等职。

③的：射箭用的靶子。

④严行蓐食：严行，急行，这里是说做了急行的准备；蓐食：早晨在睡觉用的草席上吃饭。

【译文】

运筹设谋，既不能不合时宜，也不能在无人地方施用。如夜间盗窃，或在僻巷暗杀，都是愚昧的庸俗行为，绝不是决策者所应有之举。

三国时，孔融被敌军所围困，太史慈策划突围求援。他持鞭带弓，只率领两个持靶的骑士，开门出城。城内士兵与城外敌兵都大吃一惊，太史慈却牵马进入堑壕里边，竖起靶子，练习射箭，射后又返回城里。

第二天，太史慈又同样地外出练射，围城敌兵有的站立观看，有的却躺卧不动。

第三、四天，太史慈仍然照旧出城，这时已经没有一个敌兵再注意他们了。

那时，太史慈早已吃饱，行装也都整好，然后突然跨马，用力鞭策，直破敌阵。当敌军发觉时，他已经驰去很远了。

【计名探源】

本计计语及典故出自唐代。

太宗御驾亲征，统兵三十万，欲取高丽，及至海边，只见大水漫漫。远望高丽，隔海千里，三十万大军如何渡过这汪洋？此时，太宗后悔没有听从那些谋士的劝告，不该发动这场

三十六计之瞒天过海

战争。他马上召集各路将领商议渡海之策。等问到张士贵，张回禀说，要想一想再答复，于是众臣散去。

回到寨中，张士贵派人请薛仁贵商议此事。薛仁贵思索片刻后说：“皇上不过是担心大海阻隔，难征高

丽，我用一计，保管它千里海水，来日踪迹全无。让太宗和士兵安稳过海如履平地，您看如何?”张士贵闻听惊喜异常。

数日后，一老人求见皇上，欲为大军提供军粮，太宗大喜，传见。太宗随老人至海边，进入一间屋子。室内华丽典雅，帐幕锦绣。太宗心情极佳，与众官员共品美酒，忽闻屋外波声如雷，桌上杯盏摇滑，不由心生疑惑，令人拉开帷帐，只见外面海浪滔滔，茫无际涯，太宗大惊。张士贵答：“陛下与三十万大军正飘摇过海，前往高丽。”

这就是瞒天过海一计的来源。它出自《永乐大典·薛仁贵征辽事略》。

【评语】

“瞒天过海”其义谓：运用欺骗手段，无所不至。语出明代阮大铖的《燕子笺》。

古人认为，运用诡秘之计，既不能不合时宜，也不能在无人区域施用。这如同在半夜里行窃，在僻静街巷里杀人越货，都不是谋士所应做的事情。熟视无睹，常见不疑，这都是人们在观察各种社会现象时经常犯的毛病，而“瞒天过海”则是巧妙地利用这种常见的错觉来掩盖军事行动的一个计谋。

【战例】

孙膑减灶杀庞涓

战国时魏惠王派太子申和庞涓集中全国兵力，再次攻打韩国。韩哀侯向齐国求救。齐威王派田忌为将、孙膑为军师，发兵救韩。孙膑建议采取“围魏救赵”的策略。田忌说：“军师上次用过此计，这次再用恐怕被敌人识破。”孙膑笑着答道：“这次我另有计谋让敌人上当。”田忌听从了孙膑的建议，率军直逼魏国都城大梁。

魏惠王听说齐军来攻大梁，急忙令太子申和庞涓回兵救魏。

孙膑与庞涓曾是同学，深知他有勇无谋，可以智取，不宜硬拼。于是他向田忌献上“减灶诱敌”的计策。

魏齐两军刚刚遭遇，孙膑就命令齐军撤退。庞涓追到齐军驻地时，清点齐军的灶头，10 万有余。第二天齐军又急急退却，只留下了 5 万个灶头。到了第三天，齐军的灶头只剩下 2 万个。庞涓见状，非常高兴，命令魏军加紧追赶齐军。太子申问他为什么这样做，庞涓说："我早就听说齐军胆小怕死，三天之内就逃走了大半。我军穷追不舍，定能取胜。"

后来，齐军撤到了两山之间的马陵道，孙膑见这里谷深路窄，宜于设兵埋伏，就命令士兵砍下树木作为路障，又把路旁一棵大树的树皮剥去，在上面刻了一行大字。接着他吩咐一万弓箭手夹道埋伏，只等庞涓前来送死。

黄昏时分，庞涓带领疲惫不堪的魏军来到马陵道。士兵清理路障时，有人发现了树上的字，忙向庞涓报告。庞涓赶来持火把一照，见上面写着"庞涓死于此树下"这几个大字，不由得大惊失色。未及庞涓回过神来，齐军已是万箭齐发，魏军顿成瓮中之鳖。庞涓中箭负伤，自知生还无望，于是拔剑自刎。

信陵君窃符救赵

公元前 259 年 9 月，秦昭王想包围赵国都城邯郸，一举灭亡赵国。秦王派王龄和郑安平为进攻邯郸的主将。

当邯郸被围时，赵国派人向魏国求救。

魏公子信陵君无忌，是魏安厘王同父异母的弟弟，他的姐姐是赵惠文王弟弟平原君的夫人。由于这种关系，公元前 257 年，魏王派将军晋鄙带了 10 万军队去相救。

秦王得知魏将出兵，就派使者去警告魏王。魏王非常恐惧，马上派人阻止晋鄙进军，要他在魏、赵边境的邺驻扎下来，观望事态发展。

邯郸非常危急。平原君见魏救兵迟迟不到，不断派遣使者去催促，并且责难信陵君："即使你看不起我平原君赵胜，抛弃他，你难道不同情自己的姐姐吗?"

信陵君使用种种方式去向魏王游说，但魏王害怕秦的报复，始终按兵不动。信陵君不能说服魏王，而眼看赵国要灭亡，信陵君决计不苟且偷生，便把自己门下食客、家臣等都约来准备和这些人一道去和秦决一死战。

信陵君率领志愿军经过东门，见到了守门的老头侯生，把自己要去跟秦军决一死战的话告诉了他。分手的时候，侯生只冷冷地这么说："你努力去干吧，我老了，不能跟你一道去!"

走了一段路程，信陵君心里想："我平时没有得罪侯生的地方，现在我要去和人拼命，怎么没有半句话劝阻我或鼓励我，这确实奇怪。"便叫大家停下来，独自跑回去。

这时侯生站在门外，一见信陵君回来，便笑着说：

"我早就料到你一定会回来找我的。"

"你怎么会知道的?"信陵君问。

"那还不简单!"侯生说,"你一向对我好,现在你要去送死,我反不给你送行,你心里一定不愉快,所以我料定你必然回来问我个明白!"

信陵君说:"很好,你猜得不错,我怕我有什么对不起先生的地方,会使你对我这么冷淡,所以想问个明白!"

"我知道你一向器重人才,养了这么多门客,但现在遇到了为难的事情,却毫无办法可想,光去跟秦军拼命,这正如把肥肉丢进虎口里,试问有什么益处呢?"

"我也知道没有什么益处,"信陵君答,"但平原君是我的姐夫,交情又深,眼下,他危在旦夕,我不能见死不救呀!虽然明知这样行动是无济于事的,实属万不得已,不知老先生有没有别的办法可想?"

"请进屋里去坐吧,大家商量商量!"

侯生把旁人遣开,细声问信陵君:"我听说现在魏王最宠幸的一个美人叫做如姬,是不是?"

"是的!"

"又听说如姬的父亲被人杀害,她怀恨了三年,从国王以下,都想为她报仇,却总是没有办法找到这个仇人。有一次她为这件事向你哭诉，你立刻派门客去侦查，很快就把仇人的头弄到了手，献给如姬，是否有这件事？”

“不错，真有此事。”

“那就好办了。”侯生的老眼一闪，继续说出了他的计划，“你能替如姬报了杀父之仇，她感激不已，就是为你牺牲生命，也决不会推辞的，你正好利用这个机会，从她身上打主意！”

“她是一个女流，有什么主意可打的？她又不能撒豆成兵！”信陵君表示失望。

“我再请问一句，”侯生说：“魏王是不是已派晋鄙统率了十万大军去救赵国？”

“是呀！可是魏王叫他在半路上停下来，不准前进。”

“且不必过问部队不进军的理由，但你可知道用什么办法会叫晋鄙进军吗？”

“自然是魏王的命令啦！”

“那么魏王下的命令凭什么做证据呢？”

“兵符。”

“这就对啦！”侯生霍然起身，信心十足地对信陵君说：“只要能把兵符弄到手，晋鄙的军权就归了你，魏军就可以立即开到邯郸去，赵国的危机不就解决了吗？喏，你听我说，魏王的兵符藏在卧室里，那地方只有如姬一个人才可以接近。你现在即刻去见她，只要你一开口，求她帮助，把兵符偷出来，她没有不答应的。这样你便可以把晋鄙的军权夺到手，就可以指挥大军，北面救了赵国，西面击败秦军，这可是了不起的功勋，是千载难逢的机会呀！”

信陵君果然采纳了侯生的意见，去请如姬想办法，如姬毫不推辞地说：“公子过去对我有大恩典，我正想找个机会报答你，何况这是公子的侠义行为，我无论如何都要完成这个任务。”

当晚，如姬特别设便宴把魏王灌醉，乘机盗窃了兵符，用一个花盒密封好，托近身的侍女连夜送到信陵君手里。

信陵君非常高兴，即刻去见侯生，并请教他还有什么高见。侯生说：“一个统帅在前线是绝对的权威，就是君主的命令也可以拒不接受。现在你拿了兵符前去，晋鄙仍然可以不把兵权交给你的，如果他说要再向大王请示一番，那事情就糟了。在这个危急关头，唯有断然处置才行。我有一个好友叫朱亥，是卖猪肉的，臂力过人，他可以帮这个忙。到时晋鄙能顺利地交出兵权来，那是最好不过的；要是拒绝的话，叫朱亥当场将他打死便了。”

信陵君听了这番话，不由得心里一酸，当场哭了起来。

“怎么啦，你哭了？是怕死吗？”侯生惊奇地问。

“不，”信陵君说，“我并不怕死，是可怜晋鄙白白送了性命。”

“俗话说‘无毒不丈夫’，这是国家大事，不这样又怎能达到目的呢？走吧！”

他们一同去找着了朱亥，把来意说了。朱亥便笑了起来，说：“我不过是一个卖肉的，承公子你这般看得起，几次亲自来照顾我，过去我一直没有答谢过你，是觉得这种小礼小节没有多大意义；现在公子有了急难，这才是我报答你的时候。”立即答应下来。

信陵君要出发了，来向侯生辞行。侯生告诉他：“照情理说，我也应该跟你一块儿去的，可惜年纪老了，去了也不中用。还是留在这儿，计算着你到晋鄙军中的那一天，我只有以自杀来报答你平生对我的知遇之恩了！”

信陵君率队到了邺城，假传魏王命令，要接替晋鄙的军权，晋鄙把兵符一验，的确不错，可是心里非常疑惑，两眼不停地打量信陵君，说：“我领兵十万驻守在国境上，责任是很重大的，现在你单身到来接替兵权，究竟是怎么一回事？我要请示一下魏王才能把兵权移交给你，好吗？”

朱亥在旁看到晋鄙明显不愿意接受信陵君的命令，迅速拿出事先藏在衣袖里面的那个四十斤重的铁锤，冷不防朝晋鄙头上打去，晋鄙当场毙命。信陵君于是夺取了晋鄙的军权。

信陵君控制了部队以后，挑选精兵八万人，并下令向邯郸进军。

到进军的这一天，信陵君身先士卒，如出笼的猛虎，直闯秦国的军营，平原君也乘机倾城出击，杀得秦军措手不及，血流成河，仓仓惶惶地逃回秦国去。

就这样，邯郸的围解了，赵国也转危为安。从此，秦军再也不敢轻举妄动了。

王翦瞒天过海保平安

秦王嬴政虎视六国，灭韩、除赵、破燕、降魏，进而图谋平楚。嬴政先征求将军李信的意见，问李信平楚要用多少兵。李信是连年征战的猛将，屡获战功，其轻敌之心流露于外，便大言说：“不过用二十万。”嬴政不放心，又征求老将军王翦的意见。王翦是个足智多谋的人，权衡之后说：“非六十万人不可。”六十万大军，等于将秦国主力全数征调出征，嬴政当然有些顾虑，只好自圆道：“王将军老矣，何怯也！”派李信和蒙恬将二十万军伐楚。王翦见所言不用，又恐嬴政加害，便以病告退，回乡隐居。

李信和蒙恬出师，挟秦军之威，初战告捷，即引兵深入。楚军在秦军轻敌的情况下，三日三夜不顿舍，攻击李信，连破秦军两道营垒，斩秦军七名都尉，李信大败而归。

败讯传来，嬴政深感后悔，亲自到王翦的家乡去请王翦，不无悔恨的说：“寡人不用将军谋，李信果辱秦军。将军虽病，独忍弃寡人乎！”如此言重，王翦还是推辞道：“病不能将。”嬴政不容王翦解释说：“已矣，勿复言！”王翦见推托不掉，君命难违，只好说：“必不得已用臣，非六十万人不可！”嬴政只好答应。

六十万大军出师，嬴政亲自送至咸阳外五十里的

秦王将兵马大权交与王翦

霸上。在路上王翦一再向嬴政请求良田美宅，多得使嬴政感觉王翦的要求过分，不由说道："将军行矣，何忧贫乎！"王翦像一个小市民一样，斤斤计较地说："为大王将，有功，终不得封侯，故及大王之向臣，以请田宅为子孙业耳。"嬴政见王翦如此计较，不由大笑。

王翦率军出征，在路上不断派使者回咸阳向嬴政索要田宅。一连派遣五批使者，索要甚多，有人对此不理解，对王翦说："将军之乞贷亦已甚矣！"王翦说："不然。大王为人粗心而不信任人，如今他空国中之甲士而专委于我，我不多请田宅为子孙业以自坚，顾令王坐而疑我矣。"果然，王翦此举消除了嬴政的疑心。以嬴政来看，王翦不过是贪图利禄而无政治野心的平常人而已，遂感放心。也因此之故，王翦才能一举灭楚，而终保一身荣华富贵。他不但自己善终，而且荫及子孙，其孙王离在秦二世时尚为将军。在一统全国和赵高当权之时，功臣宿将多遭杀害，而王翦家族能够保全，这不能不说王翦有先见之明。当然这是王翦成功运用瞒天过海之计，掩饰自己的锋芒，才能成此灭楚之功，而且保存自己。

张角利用宗教酝酿起义

东汉末年，政治腐败。巨鹿人张角利用宗教，组织民众反对朝廷的秘密活动已经进行了十多年。张角信奉黄帝、老子，这在汉代，是被朝廷允许的、是合法的，但张角依靠神秘的道教法术教授门徒，创立了“太平道”。他在符水上念咒，用来治病，让病人下跪、忏悔，然后喝下符水，有些病人竟然就此痊愈，这样一来，众人都对张角视若神明，深信不疑。张角分头派遣弟子到各地展开活动，传播教义，吸引民众。十几年间，信徒多达数十万人，青州、徐州、幽州、冀州、荆州、

斩黄巾英雄首立功

扬州、兖州、豫州一带的民众无不响应。有些人抛弃、变卖自己的家产，流徙迁移，前往投奔张角，致使沿途拥挤，道路堵塞，还没有来得及赶到目的地而病死在途中的人就数以万计。各地郡、县衙门中的官吏也不明白这一现象的真正内幕，反而认为张角以善道教育民众、化育群生，因而深受百姓拥戴，归之如流。这正是张角成功之处。“太平道”的宗教组织形式，表面上公开的传道治病内容，为张角大规模的秘密组织活动作了极好的掩护。

东汉朝廷中毕竟也还有一些政治嗅觉灵敏的大臣感觉到了某种异常，太尉杨赐当时正担任司徒一职，他上书说：“张角欺骗百姓，尽管由于遇到皇上的赦免之令而未被治罪，却不思悔改，反而变本加厉，扩大势力。现在如果下令让地方州郡搜捕镇压，恐怕会引起更大的骚乱，加重局势的混乱，促使其提前暴乱。应当严令各地刺史、郡守，清查流民，分别将其护送回原籍，借以孤立、削弱张角党羽的势力，然后再剿杀其首领。这样，不必兴师动众，就可平息事态。”应该说，这是一项能对张角造成严重威胁的对策。因为此策一旦实施，就会从根本上控制张角的太平道。此策的建议者杨赐是东汉名臣杨震之孙，博学多闻，一生曾七次为九卿之官，五次任三公之职，是灵帝朝的重臣。由于杨赐屡次进谏，词锋横扫宦官势力，触犯后者利益，受到排挤。恰在上书之后被免职，奏章留在宫中，未能施行。

司徒掾刘陶再上书重提杨赐的建议，说："张角等人正在暗中加紧策划，各地均有流言传出，都说张角等人潜入京城洛阳，窥探朝廷的动静。社会上那些没有教养的小民百姓叽叽喳喳，熙熙攘攘，群情鼎沸，遥相呼应。州郡官员们怕如实呈报会触犯皇上的禁忌，不敢上奏，只是在私下里相互通报，没有人愿意用文字形式往上通报。陛下理应公开颁布诏令、悬重赏捉拿张角等人，裂土封侯，奖赏有功者。谁敢畏惧、逃避，不负责任，就与张角等人同罪论处。"谁知灵帝对此根本不重视，反而下诏让刘陶为《春秋》一书撰写条例。

东汉朝廷最高决策者的昏庸无能，给张角提供了难得的良机。张角随即设置了三十六方。方的编制相当于将军的编制，大方万余人，小方六、七千人。各方均设置统帅，发出，"苍天已死，黄天当立，岁在甲子，天下大吉"的口号，口号中"苍天"暗喻东汉政府，"黄天"为太平道的代称，"甲子"指第二年，即公元 184 年，这一年正好是农历的甲子年，"大吉"预示着成功。并用白土在京城洛阳各大官署及各州郡官府的大门上书写“甲子”二字。大方马元义等人先期结集荆州、扬州一带数万人，准备在邺城会师后率先起事。为此，马元义曾多次前往京城洛阳，以中常侍封谓、徐奉为内应，约定于第二年三月初五在京城内外同时起事。

中国历史上第一次有计划、有组织、有准备的农民起义已如干柴遍布，只待一声令下便成燎原之势。作为这次起义的精神领袖和组织者张角，审时度势，蓄机待发，示形伪装，瞒天过海，表现了高超的智慧和韬略才华。他开拓了一条利用宗教作掩护进行反抗的道路。从此农民起义与宗教文化的结合，宗教在中国历史上的地位，统治者的宗教政策等问题都蒙上了一种极为特殊的色彩。

司马懿装病翦逆夺权

曹魏景初三年，魏明帝死，幼子齐王曹芳即位。根据明帝遗诏，大将军曹爽、太尉司马懿共同辅政。

起初，曹爽由于司马懿德高望重，又是自己的前辈，每有军国大事，不敢自专，都要由司马懿决断。后来，曹爽为了扩张自己的势力，引荐了一些人为心腹，驾空了司马懿。司马懿面对这种情形，一时也无可奈何。自己虽然受明帝遗诏与曹爽共同辅政，但毕竟曹爽是宗室贵族，而自己毕竟只是臣属，太尉兵权又被夺去，做了一个有名无实的太傅，无法与曹爽抗争。此后，司马懿便称病在家，以躲避曹爽的锋芒。

司马懿居家不出，正中曹爽下怀，心病一去，得意忘形。不过，正在放纵欢乐的曹爽也没有忘记司马懿的存在。没过多久，曹爽的心腹李胜出任荆州刺史，曹爽便让他去司马懿处告辞，借机窥探一下司马懿的动静。

司马懿已经知道李胜的真实用意，便让两婢女搀扶着，自己坐在床上。见李胜之后，用手拿衣服，衣服掉在地上，又向婢女示意口渴，婢女送上一碗粥，司马懿喝粥时，粥汁又都顺着口角流到胸前。

看到司马懿如此衰朽不堪，李胜装模作样地哭说："方今主上尚幼，天下人都依赖明公，过去人们只听说您重病复发，可是没想到病得这么严重。"这时，司马懿长吁了一口气说："我年老沉疾，危在旦夕。君屈当并州，并州离胡人很近，好自为之，恐怕我们不能再见面了。"

李胜连忙纠正说："我是赴任本州，不是并州。"司马懿又装作昏谬地说："君将要去并州，努力自爱。"这时的李胜，再也顾不得用那些文雅的交际语言了，说：“我是去荆州，不是并州。”司马懿这才稍稍地明白过来，说：“君还本州做刺史，盛德壮烈，好建功勋，我与你分别以后，以后恐怕再也见不到面了。”

司马懿诈病赚曹爽

接着司马懿又把两个儿子司马师、司马昭叫出来，并让他们与李胜结为朋友，求李胜在他死后多多照顾，说着，司马懿又呜咽起来。其实，司马懿这时身体状况很好，故意装作昏聩的样子来迷惑李胜，李胜是荆州人，所以把到荆州做刺史说作“当忝本州”，本、并音近，正好被司马懿钻了空子。

李胜从司马懿家出来，复见曹爽，乐不可支地说：“太傅语言错误，口不摄杯，指南为北，肯定活不长了。”从此，曹爽不复以司马懿为意，更加肆无忌惮地恣意弄权。岂知这正是司马氏的诡计。

翌年正月，幼主曹芳按惯例到高平陵去祭祀祖先，曹爽兄弟都随驾出行。司马懿立即在城中部署兵马，先占据了武库，控制了都城。随后，屯兵在洛水浮桥，派人向曹爽等送信说："大将军曹爽北弃顾命，败乱国典，内则僭拟，外专威权，破坏诸营，尽据禁兵，群官要职，皆置所亲，天下汹汹，人心危惧。过去赵高极意，秦氏以灭；吕、霍早断，汉祚永世。现在皇太后命令臣敕主者及黄门，令罢免曹爽兄弟官职，自回家中，不得在外逗留，如果胆敢稽留车驾便以军法从事。"曹爽兄弟回家之后，司马懿征发民工 800 人，在曹家宅第四围筑高墙，布置人在上面观察曹爽举动。曹爽兄弟不知道司马懿究竟做什么打算，便给司马懿写了封信，说家中没有粮食了，求司马懿接济一些。司马懿接到书信，马上令人送来 100 斛粮，并且又送了一些肉脯、盐、大豆，曹爽兄弟见司马懿送粮给他，又都欢喜起来，以为自己可以免死了。

曹爽又一次上了司马懿的当。这期间，司马懿在朝中翦除曹爽的党羽，将其投入监中；不久，又将曹爽兄弟下狱，以谋反大逆的罪名，诛杀尽净。从而，司马氏与曹氏的权力之争以司马氏的胜利而告终。

隋文帝灭陈朝

东晋灭亡之后，经过二百多年南北朝对峙的局面，中国又重新得到统一。这次统一就是从隋文帝消灭陈朝开始的。

北周的贵族杨坚，借口周静帝年幼，以“入宫辅政”为名，乘机掌握北周的军政大权。公元581年2月，杨坚逼迫静帝退位，自己当了皇帝，改北周为隋。他就是隋朝的第一个皇帝隋文帝。

隋朝建立以后，在江南惟一能和它抗衡的只有陈朝。因此，要统一中国，必须扫除陈朝。隋文帝为了灭掉陈朝，着手在国内进行了一系列的经济和政治改革，采取了诸如减轻赋税，废除残酷的刑罚，裁减官吏等积极措施。果然，几年之后，北方生产得到迅速的发展，人民生活有了很大的提高，社会秩序逐渐得到安定。

隋文帝鉴于出兵进攻陈朝的时机逐渐成熟，就召集朝中的文武大臣，共同商量灭陈大计。

仆射高颖说：“要消灭陈国，必须先毁坏它的粮食储备。江南的房屋、粮仓，多是稻草盖的，只要一放火，就使它的房屋、粮仓化为灰烬。没有粮食，他们还怎么打仗呢?”隋文帝连声称赞:“好计!好计!”高颖又说:“他们割稻子的时候,我们派兵骚扰。等到他们把割稻子的士兵集中起来的时候,我们就立即收兵,像这样一而再,再而三,他们看到我们并不是真打,一定会放松戒备。那时我们就打它个迅雷不及掩耳,突破长江天险,那么,江南的半壁江山不就都归我们了吗?”

隋文帝听了高颖的计策,感到十分高兴!他立即下令出兵骚扰江南。同时,指派大臣杨素火速赶造渡江用的战船。

此时,陈后主还是照样骄奢淫逸,过着花天酒地、纸醉金迷的生活。他大兴土木,建造楼台亭阁,宫殿用黄金铺地面,白玉砌台阶,整天和最宠爱的张贵妃、孔贵嫔以及专会阿谀奉承的几个大臣一起寻欢作乐。他还越来越迷信,梦见穿黄衣服的人围城,认为是桔树兴妖作怪,便派人把城墙附近的桔树全部砍掉,看见狐狸,就叫嚷出了妖怪;他假装把自己卖给佛庙当杂役,认为这样可以免遭灾祸。

隋朝将领贺若弼按照原定的战略部署,规定凡守备江防的部队,每次调防时,都要在历阳(今安徽省和县一带地区)集中,并且遍插旌旗,广搭帐篷,用来迷惑敌人。果然,陈国以为隋军要来进犯,立即调集国内全部兵力严密防御，随时准备迎击。不料隋军始终没有进攻的举动，只不过是守备部队例行调防而已。渐渐地陈军对隋军的插旗、搭篷这一套作法习以为常，戒备又松懈下来。不久就把调来加强防御的重兵撤回。

公元588年10月，隋文帝见条件已经成熟，决定渡江灭陈。在发兵之前，还特地下诏揭露陈后主的罪恶，并抄写二十万份，派人暗地到江南各地散发，广造舆论，争取人心。随后，就派他的二儿子晋王杨广为兵马大元帅，率领五十万大军，从东海到永安郡(今四川省奉节县)，兵分八路，浩浩荡荡同时渡江。

陈朝守军的告急文书，像雪片一样飞到建康（今江苏省南京市)。这时，陈后主才慌忙地召集大臣商议对策。都官尚书孔范故作镇静，说："长江古称天堑，隋军难道能长翅膀飞过来不成？这不过是守边的将领谎报敌情，想要骗取奖赏罢了。杀他几个，就没有敢说谎话的了!"昏庸的陈后主一听，又高兴起来了！他竟然挺胸昂头地说："这话有道理，建康自古是帝王之都，朕受天命当皇帝，怕什么？从前，北齐三次进犯，都失败了；北周两次入侵，也都碰了壁。今天，小小的杨坚还能成多大气候呢!"

开皇九年（公元589年）正月初一的清晨，大雾茫茫，江面上伸手不见五指，当时陈朝君臣还在酣睡之中，而两支隋军分别由大将贺若弼、韩擒虎率领，静悄悄地渡过了长江，然后汇合在一起，衔枚急进，马不停蹄，迅速接近并且包围了建康城。

当时，建康城里还有十几万陈朝军队，地势又险要，如果能很好地组织兵力，积极防守，是难以被攻破的。但是，陈后主昏聩无能，他见隋军兵临城下，急得没有一点主意，只是日夜哭泣，大将萧摩诃建议趁隋军还没有站稳脚跟，立即出兵攻打，一决胜负。孔范也对陈后主说："臣以为应该出兵决战，如果战败，甚至战死了，还会青史留名！"陈后主听了他们的话，立即命令萧摩诃、任忠带兵出城决战。由于陈朝士兵长久没有训练，将士过惯了享乐生活，军心涣散，士气低落，毫无战斗力，两军一交手，陈军立即溃退，风声鹤唳，争相逃命，将官任忠投降了隋军，带着隋将韩擒虎冲进建康城的正门朱雀门，向守城的陈军大声喊道："连老夫都投降了，你们还打什么！"守城士兵听了，便一哄而散。贺若弼也活捉了萧摩诃，从北门冲进了建康城。

这时候，陈朝文武百官都已纷纷逃命，昏君陈后主还坐在殿上，等候捷报传来呢。忽然听到一片杀声，他才知道隋军已经打进城里来了，吓得跳下宝座，跑往后宫，他找到张贵妃、孔贵嫔，一手拉着一个，想逃出宫去。刚逃到景阳殿的井边，听到前边杀声震天，陈后主自知无路可逃，就拉着两个妃子，一起跳进井中，因是枯井未死，都被隋军俘虏。

隋军将士看到这个情景，气愤地说："像这样荒唐的君主，怎么能不亡国呢！"

这口井原名景阳井，自从陈后主跳入这口井后，人们就改称胭脂井，借此来嘲笑陈后主的荒淫无道。陈朝的一些遗老，认为这是陈朝的耻辱，又把这口井名为"辱井"。

开皇九年正月二十二日，隋晋王杨广进入建康城，陈朝宣告灭亡。

隋朝用了"瞒天过海"之计和以假乱真的疑兵之法，前后只用了四个月的时间，就轻易地取得了军事上的胜利，彻底消灭了陈朝，完成了统一大业。

瞒天过海大败德潜艇

第一次世界大战中，德国的无限制潜艇战给协约国、特别是英国的贸易和运输造成了严重破坏。为了对付这种威胁，反击德国人的潜艇战，英国海军部经过大量研究和设想，终于采用了用伪装猎潜艇对付德国潜艇的战术。这种战术的逻辑前提是：德国的无限制潜艇战是针对武装商船的，凡遇到这种船不加警告就把他们击沉了，而对非武装商船特别是帆船，在船员登上救生艇之前是不予击沉的，而是由登船队首先上船掠夺战利品，然后再用炮火把这只船击沉。针对这一情况，伪装猎潜艇终于设计出来一种战法，就是将全副武装的猎潜艇伪装成不定期货船，沿着贸易航线笨重地缓缓航行，当德国潜艇发现目标时，立即会升上水面，向货船的船首开一炮，令它停航。这时，经过事前排练的“惊慌的一伙”军官和水手急忙冲到救生艇那边，装出急于逃生的样子。与此同时，埋伏着的12磅炮都瞄准了载着掠夺队靠近过来的潜艇。当潜艇进入射程时，大炮周围伪装的护墙随着铰链倒下，英国皇家海军旗也扯上了桅杆。德国潜艇发现中计，马上就想潜逃，但为时已晚，猎潜艇上的大炮全部轰鸣起来，很快就把潜艇击沉。然后，猎潜艇再次伪装起来，迎接下一个猎物的到来。由于伪装猎潜艇能把敌人诱入自己最佳的火力范围内，往往能给予敌人以准确而致命的打击，使德国潜艇被击沉后，无一人生还。这种战术在较长一段时间内一直保持有效而没有暴露。

“实而示之以虚”，本来力量强大，却伪装虚弱，麻痹对方，而后伺机胜敌。这是为诱歼敌人所采用的谋略。在实际运用中有多种表现形式。此处本没有圈套，却故意卖出破绽，示以虚形，诱使敌人上钩，特别是在面对骄横之敌时，此种示形之法每用皆灵。

瞒天过海利用熟鸡蛋传递信息

第一次世界大战期间，法国的索姆被德国和法国分别占领，分成两半。同一城市的居民被分界线隔开，但来往仍然存在，战斗停止的间歇里，德占区和法占区的居民纷纷越过分界线去探望住在另一边的朋友和亲戚。

宴桃园豪杰三结义

在这些来往的人们中，有一个妇女引起了反间谍人员的注意。她几乎每天都要穿过分界线，从德占区走到法占区去看望她的弟弟，由于她穿越分界线的次数过于频繁，以至防线的守护人员都认识了她。法国人对她这样频繁来往于两方感到迷惑不解，怀疑她抱有其他的目的。

但是，法国反间谍人员找不出她有任何破绽。每一次经过防线接受检查时，找不出一点可疑之处，她同一般的妇女一样，总是携带一些诸如鸡蛋、面包或者针线一类日常生活必需品；到法占区的弟弟家后，她也不呆很长时间就离开。总之，她与所有穿越分界线的居民别无两样，不像个抱有特殊目的的危险人物。

但是，老练的法国反间谍人员始终不敢放松对她的警惕。

一天，她又像往常一样从法占区的弟弟家返回，提着篮子来到分界线的检查站。一位反间谍人员上前检查。由于常来常往，两个人已经很熟悉了，反间谍人员边与她说话，边检查篮子里的东西。

篮子里仍然同往常一样装满了食品：一大堆熟鸡蛋和几大块面包。法国人漫不经心地问这妇女一些诸如气候等惯常询问的问题，而手却在不停地摆弄篮子里的东西，眼睛则注视着妇女的表情有什么变化。

他从篮子里拿起一只鸡蛋，把玩半天，随手往上一抛然后用手接住，这样一个并非有意的小游戏却让这妇女面有异样。

机敏的法国人看到了这一变化。于是他继续抛鸡蛋，鸡蛋被抛得越来越高，似乎一不小心就可能摔个粉碎。旁边的人都对这法国人大惑不解。

只有这个法国人看到：鸡蛋抛得越高，妇女越紧张，她满脸通红，神色慌乱。莫非这鸡蛋中有什么名堂？

他停下来仔细检查鸡蛋，但找不出破绽，蛋壳上没有任何记号。这个妇女何至于这样慌乱呢？

他于是把鸡蛋敲开，仔细小心地剥去鸡蛋壳，问题出来了：蛋清标有小小的符号和字！

经放大和破译之后才知道，这蛋清上小小的符号和字迹，标出了法军各支部队的驻扎区域，法军的全部防线都在这一个个鸡蛋内。

原来，这是德国人的一个天才发明，用醋酸在蛋壳上写字，等醋酸干后再煮鸡蛋，这些字就会被吸收，穿过蛋壳印在煮熟的蛋清上，而蛋壳上却不会留下任何痕迹，别说肉眼，即使显微镜也看不出来。

可是机敏的法国人却通过察颜观色，看出那妇女的反常表情。终于识破这一计谋。那个妇女后来以间谍罪被处决。

察颜观色，从一个人的神色里，找出此人情绪变化的情况，这是常被用来探测人的内心世界的方法。法国反间谍人员从那个妇女的面目表情变化中发现了疑点，终于识破了鸡蛋里的秘密。

英军北非瞒天过海败德军

1941 年 11 月初，英国第八集团军为了进攻德军在利比亚和埃及边境的防线，于空旷无际的沙漠里建立了一个大型铁路终点站，准备装卸和储备大批的汽油、弹药和轻重武器等作战补给品。为了迷惑德军，减少德军飞机对这个终点站的轰炸，英军总司令部在该站前方不远的地方，秘密设立了一个假补给基地，并且在其终点站与假补给基地之间，按正常的筑路速度铺设了一条假铁路，铁路上设有一辆辆机车、煤水车、棚车和油槽车，这些车辆时常重新组编，造成一种运输繁忙、车队流动不停的现象。基地的空地上，整齐地停放着大批卡车、装甲车、坦克和其他补给品，这些作战物资经常变换位置，给人一种货物搬运频繁、旧去新来之感。不过，基地内所有的车辆和作战物资都是假的，机车只是个模型，上面生了一个火炉，昼夜冒烟、喷汽。与此同时，英军还特地安排卡车运输队不停地在假基地内来往通行。假基地周围还配置了几个高炮连，既给假基地增强了真实感，又有效地阻止了德军侦察机的接近，以免看出破绽。英军摆出这“实则虚之”的迷魂阵，果然使德军中计。假基地牵制了德军大批轰炸机，不仅掩护了终点站的安全，从而为英军的作战行动保证了补给供应，还促使德军对英军的作战行动作出了错误的判断。

在现代战争中，为了能保障军队的最大活力，攻防双方都非常重视采取真假结合、虚实相兼的手法疑敌误敌，从而达到自己的目的。上述的例子就是采用了这种谋略。

德军编队渡海峡

1941 年底，希特勒想把驻泊在法国布雷斯特港的一批战舰转移到挪威海面。这批战舰包括两艘战列舰，一艘重巡洋舰，以及许多驱逐舰，航行目标极大。从法国布雷斯特到挪威海需要冲过英吉利海峡北上。英吉利海峡是当时英国空军、海军等诸多兵种层层封锁的地段，早已在英军监视之下。德军大批编队舰想要通过英军严密监视和封锁的英吉利海峡，实在是十分危险的军事行动。但是，封锁最严密的地方往往又是最为人们忽视的地方。希特勒再三考虑，决定其舰队编队通过英吉利海峡，以求出其不意地完成兵力机动和转移。选择的时间是：夜晚启航，白天通过海峡最关键、最危险地段——多佛尔和加来之间。一支浩浩荡荡的水面舰艇编队，要想瞒过英国人的眼睛是极不可能的，问题的关键是在人们认为极为不可能的情况下设法瞒过英国人的大脑，在其意料不及的情况下突然出现，眼睁睁地来不及采取有效行动即安然脱身。此举能否成功，就在于使敌意料不及、反应不及。为此，希特勒采取了许多瞒天过海的措施。

1942 年 2 月 11 日晚 20 时，德军舰艇编队按计划悄悄驶离布雷斯特港。接着德军第一批夜间战斗机在黑暗中起飞，以协同舰队，防止不测。为了不让英国雷达站发现目标，德国飞机在很低的高度上飞行，水面航行的舰队与飞机的所有无线电器材一律保持静默。一夜航行平安无事，舰队驶过了海峡的一大半航程。

第二天上午 11 时，一架英国战斗机发现了德军舰艇编队。这时，如果英国空军和海军能够快速反应，迅速采取行动的话，完全可以给德军以沉重打击，甚至挽回被动局面。可是，当英国飞行员将获取的情报送达英军统帅部时，那里的指挥官们不以为然，都对情报深表怀疑，不相信在大白天内，又在自己的眼皮底下会有德军如此浩荡的舰队。都不相信德国人会如此大胆地通过自己严密封锁的海峡。因此，接到情报后，英国人仍然按兵不动。德军抓住这个时机，在光天化日之下越发全力行驶。12 时 05 分，德军闯入海峡最窄、最危险地段时，英国另一架侦察机又发现了这一情况。可是，这一情报仍没引起英国指挥官们的重视，他们还是蒙在鼓里，满腹疑惑，这样又拖延了一个多小时。而这一个多小时，恰恰是德军摆脱最危险的时候。直到 13 时 34 分，才有英军 6 架鱼雷机和 10 架战斗机向德军发起阻击，结果被德国担负警戒的飞机挫败。后来，虽然英军海、空部队多次发起拦击，但为时已晚，又加仓促上阵，准备不周，战果甚微。13 日，德国舰队终于摆脱了险境，安全抵达目的地，惊险地完成了预定的兵力转移任务。德军的成功，正是采用瞒天过海之计的成功。

聪明的农民以智以胜

很久以前，日本侵略者占领了朝鲜的济州市，并夸下海口说：

“日本人要世世代代留在这里，朝鲜人休想再夺回济州城。”

朝鲜国王闻讯后，立即召集所有将军，命令他们必须尽快赶走济州城的敌人，否则，就要把将军们当作箭靶子来射死。

将军们听了以后，诚惶诚恐，回到家里，日夜思虑着解救济州的对策。然而，济州是一座易守不易攻的城堡，城四周环绕着又高又密的荆棘围墙，什么人也休想钻过去。所以尽管将军们殚精竭虑，还是想不出好办法。

一天，有名的赵永其将军登上一座离济州城不远的山丘，观察地形和敌情，希望找到一条钻过荆棘丛的通道。离他不远有一个农民，正赶着一头黑牛在耕地，只听他对着他的牛骂道：

“你这头笨牛，怎么一步也不动？不要像赵永其那样，没有作为，虚度光阴。”

将军听到有人骂他，很生气，走过去质问农民说：

“你怎么敢骂赵永其？你难道不知道他是当今最聪明、最勇敢的将军？”

“他既然是最聪明、最勇敢的将军，那为什么赶不走敌人？”

“难道你是瞎子，看不见城四周都围着密不透风的荆棘围墙吗？”

“那么谁又妨碍你除掉那些荆棘丛了呢？”农民反

问道。

将军回答说："你胡说八道，那里日夜都有人守卫！"

农民又说："一个人只要热爱祖国，总能想出计策打败敌人。"

"这么说，你有办法把敌人从济州城赶出去喽？"将军讥讽带挖苦地反问了一句。

"那当然！"农民以不容置否的口气回答说，"15个月以后，你给我派100个士兵，到时保证济州城又是朝鲜的了。"

"好吧，一切照你说的办。但是君子言出，驷马难追。我丑话说在前头，如果你赶不走日本人，我可要扒你的皮来做鼓。"赵永其将信将疑地说完，便到王宫向国王报告去了。

国王听完，长时间地大笑，说："看住这个牛皮匠，不要叫他跑了。让他知道，说大话得用脑袋来抵押。"

从第二天开始，国王派来的密探就一直在农民的房屋前后来回转悠。只见那个农民整天在家糊小纸口袋，一直糊了10天。第11天开始，他又不知疲倦地糊起风筝来了。密探都把这一切报告给了国王。国王说："他大概发疯了。"

又过了几天，密探向国王禀报说："农民的行为很蹊跷，成天和一群孩子放风筝。"国王听了大怒，以为农民在耍笑他，盛怒之下想杀死农民。赵永其将军跪拜在地，恳求国王到答应给那个农民的15个月期限满后再行处置，国王才息怒。

时间一天天过去，已到夏去秋来，看样子农民把自己说的话忘得一干二净了。他整天忙着自己的活计；收庄稼、修房子、打柴、织鱼网，准备过冬了。

光阴似箭，不知不觉度过了寒冬，春天来了，农民实现诺言的日子一天天临近了，国王的密探对农民的监视也越来越紧，农民对此依然佯装不见，照旧干自己的事。

5月的一天，他登上山冈，审慎地观察了荆棘墙的四周，然后胸有成竹地回到村里，对国王的密探说："请转告赵永其将军，阴历9月初一，我等他派兵来。"

9月初一的晚上，100名优秀士兵神不知鬼不觉地来到了农民住处，个个肩背强弓利箭，手持宝刀。国王派来的刽子手也混在其中，他的任务是如果那个农民赶不走敌人，就把他的头送到王宫去。

农民从屋子里出来，指挥士兵们："你们跟在我身后匍匐前进，不能有一点响动，就连林中的老鼠也不能惊动。"

士兵们紧跟农民慢慢地、轻轻地爬，距离荆棘丛不到一里的地方，农民悄声吩咐士兵停止前进。然后挑选出10个精明强干的小伙子，与他们耳语了一番，他们又继续向前爬去。

张翼德怒鞭督邮

不一会儿，在不远的地方，突然冒出10个大火球，风助火势，火球越来越大，很快蔓延到荆棘丛，形成了一个大包围圈，火光冲天。

农民激动得大喊起来：

“万岁！万岁！”

人们看来坚不可摧的济州城第一道防线就这样冲破了，朝鲜士兵一鼓作气冲进了城内，日本武士在睡眠中就成了俘虏。济州市收复了。

这时，国王和将军们来了，国王问农民是怎样毁荆棘丛的，农民回答说：

“我让10名士兵点燃了荆棘丛周围的野草，风助火势，就烧毁了荆棘丛。”

“你撒谎，”赵永其喊道：“堡垒周围连一根草也没有。如果有草，我早就用火攻了。”

“没有草，你不会种吗？”农民轻轻地问了一句。

赵永其听了越发生气，说：“谁能去种草！靠近堡垒，会被日本人打死的。”

农民说：“打仗光靠弓箭和利剑是不行的，要想取胜，还得会运用智慧和计谋。”他歇了口气接着说：“我糊了10天纸口袋，里面装了上等的草籽；又糊了10天风筝，把纸袋绑在风筝上，放到荆棘丛的上空。风筝被荆棘挂破，草籽漏了下来，风把草籽吹到堡垒的四周。春天草籽发芽了，秋后长成了大青草棵。今晚趁着风吹向济州城的有利时机，我就点燃了野草。”

将军们听了农民的一席话，不服气地喊叫起来：

“这样的招术我们也能想出来。”

农民鞠了一躬，说：“要倒的树容易砍，事后诸葛亮不算聪明。”说着，丢下愚蠢的国王和将军，去修补自己的小船了。

火攻是军事作战中常用的方法，但是没有“火”怎么办呢？那就要自己创造出“火”来。这个老农以瞒天过海的妙法，用放风筝来播撒草籽，既不用冒生命危险又不会被敌人察觉，神不知鬼不觉地造出了“火”。

希腊船王瞒天过海缔造商战神话

1953年盛夏，风光旖旎的吉达港，接待了一位神秘的不速之客——希腊船王奥纳西斯。

船王的豪华游艇“克里斯蒂娜”号静静地停泊在港湾内，它和它的女主人金发美女蒂娜一起，接受阿拉伯世界挑剔而又羡慕的目光。作为伊斯兰教的朝圣地，麦加是绝对禁止非穆斯林和妇女进入的，船王把妻子留在船上，单独去朝圣被称为“天房”的著名圣殿麦尔白。

和以往的许多次出游一样，船王和妻子在蔚蓝色的大海上尽情逍遥，然后随意停泊在任何一个途经的名胜地，这一次是伊斯兰的圣城麦加。

船王的一生像童话一样令人眼花缭乱、扑朔迷离，人们说他像希腊神话中的伊阿宋，在海外取得了金羊毛，又说他像伊索国王一样富有。

1922年，船王作为难民踏上希腊国土时，两手空空，身无分文，惟一的财产是他十六岁的年轻生命，然而当年如他一样的小亚细亚难民多如潮涌。这个走投无路的希腊难民几十年后成为世界最大的富豪之一。他拥有数十亿美元的巨产，创建了最大的私人商船队，经营着一百多家公司，他的办事处遍及世界各大都市。

船王一生都在追求最大的轰动效应。他建造世界上最豪华的游艇，以他的女儿克里斯蒂娜命名，船上珍奇无数，人们估计价值二千万美元。

船王曾一度成为摩纳哥公国的实际主人，使这个以赌窟和海滨浴场闻名于世的弹丸之地摆脱濒临破产，成为世界名流王公贵族麇集之地，船王夫妇则是其中的明星。

1968年，船王解除了与蒂娜的婚约，娶了世界上最有名的美国前总统遗孀杰奎琳·肯尼迪。这位希腊人又一次成为世界报刊、电台和评论的头条新闻。

船王夫妇的阿拉伯之行，自然不能瞒过新闻界的眼睛，许多有影响的报刊连续报导船王夫妇的行踪，作出各种各样的推测和评论。实际上，却没有任何人能够说出船王到底在干什么。至于推测，没有多少人会留意。因为报纸上这一类文章每天都多得令人眼花缭乱。

这一年的阿拉伯石油刚刚引起世界的注目，人们以嫉妒和羡慕的目光望着大沙漠上涌流出来的黑色液体，谈论着这块私人领地的主人沙特国王的富有。

这一年没有能源危机，没有石油像如今年代这样广泛的应用，也没有战争。因此，这片太阳灼人的沙漠领地还显示着相对的宁静。

在这片沙漠领地的四周，阿美石油公司已捷足先登筑起一道严密的高墙，取得了开采专有权，任何觊觎者都难能寻到一条缝隙。阿美石油公司是两家巨大的美国石油公司“埃索”和“德士古”的子公司，在沙特阿拉伯年产石油四千万吨，其雄厚的财力使任何企业不敢与之匹敌。阿美石油公司对沙特阿拉伯石油的垄断开采权，以合同形式明确固定下来，每采一吨石油给王国相当数目的开采费，并由石油公司自己的油轮运往世界各地。

阿美石油公司太强大了，它不把任何人的挑战放在眼里，对于那艘停泊在吉达港的豪华游艇，它照样不屑一顾。它坚信阿拉伯石油非它莫属。

身强体壮面孔黝黑的希腊船王可从来都不这么想，他坚信任何貌似强大的东西都有其虚弱的一面，关键是你要去找到它，并撕裂这个缺口，而且是在对手没有注意的时候。

去阿拉伯之前，船王熟读了所有关于石油开采的文件，对阿美石油公司和沙特之间的协议，他更是了如指掌，每一条款他都反复揣摸过许多遍。

何国舅谋诛宦臣

船王找到了那个缺口，而阿美石油公司对此全然不觉。船王坚信这是上帝赐给他的又一次良机，无论对手多么强大他也决不放弃。这位生性狡黠而又坚毅无比的希腊人向阿拉伯扬起了风帆。船王实际上并没有去麦尔白圣殿，而是悄悄去了沙特阿拉伯的首都利雅得，对沙特国王的宫殿作了一次“闪电式”访问。

在阿拉伯金碧辉煌的宫殿里，船王盘膝坐在阿拉伯酋长之间，和他们一起兴致盎然吃着烤羊肉和手抓饭，谈论着上帝、财富和女人的永恒话题。

饭后，船王偕年迈的沙特国王进入密室，开始了长时间的密谈。接着又和王储代表阿卜杜勒·阿齐兹作了另一轮长谈，几近黎明，船王才离开王宫。

在这之前，船王曾去过另一个沙特绿州，他拜访了沙特阿拉伯的反美运动领袖查马尔·侯赛因。船王也是一边吃着手抓饭，一边向查马尔及王储酋长谈论着他们很喜爱的话题。船王与查马尔的私人友谊使他不虚此行，查马尔表示他将尽力影响王储和国王同意船王的建议。

船王向沙特国王提示，王国与阿美石油公司的协议里没有排斥阿拉伯拥有自己的油船队来运输自己的石油，而这是一笔无法数清的财富。

国王被这笔财富惊呆了，他悔恼自己被这样巨大的财富淹没着，却白白让它流入别人的衣袋，而且从来没有想到过这一点。

船王的建议是美妙动人的：用阿拉伯的油船来运输阿拉伯的石油，而不是由挂着美国旗的阿美石油公司来运输，那样王国的利润将会再扩大一倍。

财富的诱惑是巨大的，阿拉伯王宫失去了宁静，开始酝酿一个惊人之举。

在船王的游艇离开吉达港不久，另一位不速之客来到利雅得。这位满脸皱纹、鼻梁上架着眼睛的老头很有一番来历，他是臭名远扬的希特勒德国的国家银行总裁雅马尔·沙赫特。战后，他没有去坐纽伦堡国际法庭的电椅，反而成为国际银行业的一员，继续他金融家的生涯。

这位德国银行家此行是建议沙特国王成立一支由希腊船王参加的阿拉伯油船公司，沙赫特则许诺通过德国财团给王国以巨额贷款。

银行家与船王之间千丝万缕的联系，没有任何人能够说清，即便这次合作，也是在极其秘密的情况下进行的。阿美石油公司想像不到一个希腊人和一个德国人会为同一个目的访问王宫。

一切的准备都已经就绪，但沙特却一直迟疑着不敢公开与阿美石油公司作对，国王威惧阿美石油公司背后的超级大国——美国。船王只能耐心等待着时机。

1953 年 11 月 9 日，沙漠王国之主老沙特溘然长逝，他的儿子继承了王位。年轻的国王较之他的父亲多了许多勇敢和热情，和船王很快达成默契。

1954 年 1 月，一条消息震撼了世界企业界：奥纳西斯和沙特阿拉伯王国签订了著名的“吉达协定”。

协议规定，双方共同组建“沙特阿拉伯海运有限公司”，公司拥有50万吨的油船队，挂沙特阿拉伯国旗，拥有沙特阿拉伯油田开采的石油运输垄断权。

奥纳西斯取得了前所未有的成功，阿美石油公司的利益受到了沉重打击。人们为这位希腊船王的勇气惊叹，屏息以待这场扣人心弦的商业之战会如何发展。

报界议论纷纷，甚至断言奥纳西斯的目的不是阿拉伯石油本身，而是阿美石油公司的股票，一旦拥有，他将无敌于天下。

阿美石油公司从梦中惊醒，但木已成舟，协议已经签订并公诸于世。直到此时，公司的巨头们才想到，他们不该轻视那条停泊在吉达港的豪华游艇。阿美石油公司不会轻易拱手让出自己的财富，它联合所有的力量开始向奥纳西斯进攻。它向世界石油企业敲响了警钟：船东将会使他们丧失一切。

各大石油公司迅速联合起来，其中包括伊拉克石油公司、“埃索”、“壳牌”、伊朗石油公司等许多世界最大的石油企业。

美国为了它在中东的石油权利也投入了许多力量，通过政治、外交等多方面手段给“吉达协定”的双方施加压力，迫使其妥协。

“吉达协定”又触犯了国际贸易的利益，因为如果该协定生效，那么许多出口国都能据此垄断本国商品的运输权，这种自足海运将会导致许多船东陷于破产。出于竞争，也出于对未来共同利益的关注，许多船东都加入了反击希腊船王的行列。

船王在孤军奋战，而面对他的却是一个多阵线的联合。这位顽强的希腊人毫不气馁，在进入阿拉伯王宫之初，他已清醒地估计到他所面对的强大敌手。

这场商战一直相持了好几个月之久，无法分出胜负，双方都调集了各自的全部力量，无以数计的人奔忙在阿拉伯和美国之间。后来，奥纳西斯的船东从背后给了他致命的一刀，使他完全陷入绝境。

两家报纸突然在同一天刊登出耸人听闻的“吉达协定”种种内幕：一个名叫斯皮罗·卡托波迪斯的希腊船东揭露奥纳西斯以重金收买和伪造文件的方法骗取了“吉达协定”。

斯皮罗指名道姓地提到两位沙特阿拉伯的部长，说他们接受了船王的巨额佣金，为影响国王而竭尽努力。斯皮罗还揭露奥纳西斯对另一位部长也许以巨额佣金，但却使用过后会自动褪色的药水签名，以致后来签字消失，当事人无法索取这笔巨款。斯皮罗说自己曾是船王的中间人，被委托周旋在阿拉伯王宫贵族之间，使用了许多欺诈手段，他自己也是受害者之一。

这些指控轰动了整个西方世界，沙特阿拉伯国王一下子完全陷入了被动的境地，所有的新闻指向都朝着被“愚弄欺骗”的阿拉伯王宫。

这个发展完全出乎奥纳西斯的意料之外，任何辩解反驳都无济于事，船王只有保持沉默这一条路可走了。

沙特国王终于抵挡不住来自各方面的责难，在一个早晨，把已经签署的“吉达协定”撕得粉碎，并将它称为“欺骗和狡诈”的事件。国王的举动点滴不漏地见诸报端，“吉达协定”没有发生任何实际效用便已不复存在，空惹一场轰轰烈烈的争斗。

在世界商战中，有许多秘密永远也无法得到证实，也许真如斯皮罗所说，也许仅仅是一种离间的收买。所有的指控都没有得到证实，但奥纳西斯还是失败了，他曾梦想作两个王国的国王，石油大王和运输大王，如今，只能忧郁地回到伦敦。

争夺阿拉伯石油运输权的商战落下了帷幕，奥纳西斯为此丢掉了十亿美元，他还要作船王，还要依赖国际海运业而生存，他不能跟整个世界没完没了地对抗下去。

奥纳西斯失败了，但他所表现出的智慧和勇敢在世界商业竞争史中，留下了不可轻视的一页。他同样以此为自豪，他发动了一场举世瞩目的商业战争，失败仅仅是一个意外。

通观这位希腊船王的整个经营生涯，人们很容易发现，“瞒天过海”是他一惯使用的商战方略，尤其在他作为船王崛起的那个关键时刻。

一位颇有名望的经济学家这样评价处处高人一筹的奥纳西斯：这位来自伊兹密尔的希腊人找到了成功的金钥匙，到其他人认为一无所有的地方去赚钱。

奥纳西斯用他毕生的精力来寻找和占有这个所谓的“一无所有”。他明白，只有“一无所有”才能避开所有的竞争对手，才能遮蔽世人的眼目为自己创造一个崛起的良机。

阿拉伯石油的财富令无数人垂涎欲滴，但那儿有一道无人能够逾越的高墙，在一般人看来那儿也应该是“一无所有”，船王却寻觅到一条可以跻身的缝隙。

奥纳西斯的船王梦起于早年一次很窘迫的海上旅行，一只破旧的阿根廷货船载着他漂洋过海，从数百万难民汇集的希腊岛只身前往美洲。在那条货船上，他不仅要忍受海上的风浪颠簸，还要从事繁重的劳动，以挣回一点可怜的美分养活自己。

当那艘破船在阿根廷首都布宜诺斯艾利斯的港口靠岸时，奥纳西斯夹着一只装杂物的破布袋，偷偷翻过了船舷。大街上多了一位深藏着船东梦的希腊难民。

1929 年 9 月，是一个极其可怕的日子，世界性经济危机突然降临，无数的财产毁于一旦。第一次世界大战后复苏发展的西方经济瞬间陷于崩溃，无以数计的人成了这次灾难的牺牲品。

齐姜氏乘醉遣夫

此时的奥纳西斯已有相当资产，他经营过几年烟草生意，后来又被希腊政府任命为驻布宜诺斯艾利斯总领事。他已成为颇受人敬重的企业家。

面对经济危机的巨大灾难，奥纳西斯意识到这是上帝赋于的千载难逢的良机，他不仅要在这一片混乱中保住财产，而且要一举实现自己多年的梦想。奥纳西斯的判断使最高明的经济学家也甘拜下风：生产过剩，物价暴跌恰恰是买进的最好时机，当世界经济繁荣再度到来时，价格不仅会回升还会暴涨，到那时又可以几倍乃至几十倍的价格抛出。

奥纳西斯踌躇满志的在街市上流连，盘算着该把自己的资产投入到哪个行业，股票？黄金？不动产？

奥纳西斯找到了经济危机的谷底——船运业，经济危机使世界贸易陷于瘫痪，海洋运输业自然首当其冲，损失最为惨重，几乎已濒临死亡。

无数船只悄然停泊在大大小小的港口码头，熙攘的人流，装运货物的喧杂都不复存在，无论船东们怎样奔波都无济于事。奥纳西斯却决心向这个深不见底的行业投下他的全部资金。并且要让他的资金有朝一日像热带植物一般繁茂生长，利润滚滚而来。那些日子，奥纳西斯发了疯似的四处奔波，搜买最低廉价格的船只。

在这场灾难中，加拿大国营铁路公司损失惨重，不得不拍卖产业，其中有六艘货船，原价值为 200 万美元，如今愿标价每艘二万元出售。

奥纳西斯得知这个消息后，连夜赶到加拿大，全部买下这六艘被废弃的船只。

人们把奥纳西斯的作法看作为丧失理智，说他要么是疯了，要么就是纯粹的傻瓜，用不了多久，这六艘船就会变成一堆废铁，到那时，别说二万，大概连五千也不值。在这种时候，别的船东都在想方设法卖出船只，免得损失太大，奥纳西斯却像捡宝贝似的往怀里捡，真叫人不可思议。

形势发展并不乐观，危机没有很快过去，反而年复一年地更加严重，整个西方经济犹如陷入了泥沼，无法自拔。奥纳西斯却毫不动摇，坚信经济复苏一定会到来，到那时，他的货船将会成为无价之宝。

经济复苏的日子终于到来了，而且伴随着一场更大的灾难，第二次世界大战爆发了。

当人们惶惑不安忙于逃难的时候，奥纳西斯的货船开始发挥神奇的效用。这些浮动于水面的运载工具一夜之间身价百倍。

奥纳西斯欣喜若狂，率领他的船队投入繁忙的运输业务，人们把这些船只称为“浮动的金矿”，奥纳西斯的梦想实现了。没有几个人能有奥纳西斯这样的勇气和胆魄，那时候，新的船队还来不及组建，旧的船东已所剩无几，海洋运输业是在几乎没有竞争对手的情况下向奥纳西斯完全敞开了它的大门。当年的“一无所有”，其实不过是一种暂时的假像，但它却蒙蔽了无数人的眼睛，把机会独独留给了这个不甘平凡的希腊人。

随着战争的日趋激烈，奥纳西斯的船队日以继夜地来往在海洋运输线上，金钱自然也无以数计。等到战争结束时，奥纳西斯已置身于拥有“制海权”巨头之中，成为一个有钱有势举足轻重的大船东，距离他的船王梦仅剩一步之遥。

1943年，奥纳西斯将他的总部迁到了纽约，开始着手筹划事业的第二次辉煌。这其间，奥纳西斯娶了金发美女蒂娜作他的妻子。蒂娜是大船东斯塔弗罗斯·利瓦诺斯的女儿。他们在纽约的东正教堂举行了婚礼，这次婚姻持续了15年。

世界刚刚从战争中醒来，企业家忧心忡忡，深恐经济危机的恶魔会再度降临人间，船东们更是惶惑不安，难以预测海运业未来的命运。

奥纳西斯又一次发挥了他的远见卓识，他预见社会将会出现一个巨大的经济复苏期，那时大型油轮将会成为时代的宠儿。经济发展将会刺激能源需求，石油大量消耗又必然会使油船的运费猛涨，奥纳西斯又发现了一个金色的旋涡。和前次买船一样，奥纳西斯无视社会的不解和迷茫，立即投入巨额资金，建造三万吨油船队。

1945年，是世界经济一片黑暗的岁月，奥纳西斯却从中找到了光明，将油轮这棵摇钱树紧紧握在手中。

奥纳西斯逝世时，一代船王已拥有油轮45艘，其中十五艘是二十万吨级以上超级油轮。油轮是奥纳西斯的半个王国。

希腊船王1975年在巴黎告别人世，把无数的遗产留给他惟一的女儿。有关女船王的话题又将在商界沸沸扬扬，令世人久久瞩目。

巧公关使长城饭店声名远播

1983年，中国第一家五星级宾馆，也是第一家中美合资的宾馆——北京长城饭店正式开张营业。开业伊始，面临的首要问题就是如何招徕顾客。按照通常的做法，应该在中外报刊、电台、电视台做广告等。这笔费用是十分昂贵的，国内电视广告每30秒需数千元，每天需插播几次，一个月最少需要几十万元。但由于北京长城饭店的基本客户来自香港、澳门及海外各国，这就需要海外的宣传，而香港电视台每30秒钟的广告费最少是3.8万港元，若按内地方式插播，每个月需几百万元人民币。至于外国的广告费，一个月下来更是个天文数字了。一开始，北京长城饭店也曾在美国的几家报纸上登过几次广告，后来因为经费不足，收效又不佳，只得停止广告攻势。

广告攻势虽然停止了，北京长城饭店宣传自己的公关活动却没有停止，他们只不过是改变了策略。

北京市为了缓解八达岭长城过于拥挤之苦，整修了慕田峪长城。当慕田峪长城刚刚修复、准备开放之际，北京长城饭店不失时机地向慕田峪长城管理处提出由他们来举办一次招待外国记者的活动，一切费用都由北京长城饭店负担。双方很快便达成了协议。在招待外国记者的活动中，有一项内容是请他们浏览整修一新的慕田峪长城，目的当然是想借他们之口向国外宣传新开辟的慕田峪长城。这一天，北京长城饭店特意在慕田峪长城脚下准备了一批小毛驴。毛驴是中国古代传统的代步工具，既能骑，也能驮东西。如果长城、毛驴被这些外国记者传到国外，更能增加中国这一东方文明古国的神秘感。这次北京长城饭店准备的毛驴，除了一批供愿意骑的记者外，大部分是用来驮饮料和食品。当外国记者们陆续来到山顶之际，主人们从毛驴背上取下法国香槟酒，在长城上打开，供记者们饮用。长城、毛驴、香槟、洋人，记者们觉得这个镜头对比太鲜明了，连连叫好，纷纷举起了照相机。照片发回各国之后，编辑们也甚为动心。于是，第二天世界各地的报纸几乎都刊登了慕田峪长城的照片。北京这家以长城命名的饭店名声也随之大振。

通过这次活动，北京长城饭店的公关经理，一位当过记者的美国小姐，尝到了通过编辑、记者的笔头、镜头，把长城饭店介绍给世界各国，不仅效果远远超过广告，而且还可少花钱的甜头。于是，精明的公关小姐心中盘算起举办一次更大规模的公关活动。

机会终于来了。1984年4月26日到5月1日，美国总统里根将访问中国。北京长城饭店立即着手了解里根访华的日程安排和随行人员。当得知随行来访的有一个500多人的新闻代表团，其中包括美国的三大电视广播公司和各通讯社及著名的报刊之后，北京长城饭店的这位公关经理真是喜出望外，她决定把早已酝酿的计谋有步骤地付诸实施。

首先，争取把500多人的新闻代表团请进饭店。他们三番五次免费邀请美国驻华使馆的工作人员来长城饭店参观品尝，在宴会上由饭店的总经理征求使馆对服务质量的意见，并多次上门求教。在这之后，他们以美国投资的一流饭店，应该接待美国的一流新闻代表团为理由，提出接待随同里根的新闻代表团的要求，经双方磋商，长城饭店如愿以偿地获得接待美国新闻代表团的任务。

其次，在优惠的服务中实现潜在动机，长城饭店对代表团的所有要求都给予满足。为了使代表团各新闻机构能够及时把稿件发回国内，长城饭店主动在楼顶上架起了扇形天线，并把客房的高级套房布置成便利发稿的工作间。对美国的三大电视广播公司，更是给予特殊的照顾。将富有中国园林特色的“艺亭苑”茶园的六角亭介绍给 CBS 公司、将中西合璧的顶楼酒吧“凌霄阁”介绍给 NBC 公司、将古朴典雅的露天花园介绍给 ABC 公司，分别当成他们播放电视新闻的背景。这样一来，长城饭店的精华部分，尽收西方各国公众的眼底。为了使收看、收听电视、广播的公众能记住长城饭店这一名字，饭店的总经理提出，如果各电视广播公司只要在播映时说上一句“我是在北京长城饭店向观众讲话”，一切费用都可以优惠。富有经济头脑的美国各电视广播公司自然愿意接受这个条件，暂当代言人、做免费的广告，把长城饭店的名字传向世界。

有了这两步成功的经验，长城饭店又把目标对准了高规格的里根总统的答谢宴会，要争取到这样高规格的答谢宴会是有相当大难度的，因为以往像这样的宴会，都要在人民大会堂或美国大使馆举行，移到其他地方尚无先例。他们决定用事实来说话。于是，长城饭店在向中美两国礼宾司的首脑及有关执行部门的工作人员详细介绍情况、赠送资料的同时，把重点放在了邀请各方首脑及各级负责人到饭店参观考察上，让他们亲眼看一看长城饭店的设施、店容店貌、酒菜质量和服务水平，不仅在中国，即使是在世界上也是一流的。到场的中美官员被事实说服了，当即拍板，还争取到了里根总统的同意。

获得承办权之后，饭店经理立即与中外各大新闻机构联系，邀请他们到饭店租用场地，实况转播美国总统的答谢宴会，收费可以优惠，但条件当然是：在转播时要提到长城饭店。

答谢宴会举行的那一天，中美首脑、外国驻华使节、中外记者云集长城饭店。电视上在出现长城饭店宴会厅豪华的场面时，各国电视台记者和美国三大电视广播公司的节目主持人异口同声地说："现在我们是在中国北京的长城饭店转播里根总统访华的最后一项活动——答谢宴会……"在频频的举杯中，长城饭店的名字一次又一次地通过电波飞向了世界各地，长城饭店的风姿一次又一次地跃入各国公众的眼帘。里根总统的夫人南希后来给长城饭店写信说："感谢你们周到的服务，使我和我的丈夫在这里度过了一个愉快的夜晚。"

通过这一成功的公关活动，北京长城饭店的名声大振。各国访问者、旅游者、经商者慕名而来；美国的珠宝号游艇来签合同了；美国的林德布来德旅游公司来签订合同了；几家外国航空公司也来签合同了。后来，有38个国家的首脑率代表团访问中国时，都在长城饭店举行了答谢宴会，以显示自己像里根总统一样对这次访华的重视和成功的表示。从此，北京长城饭店的名字传了出去。

加里波第的美妙歌声使他转危为安

1834年的一个风雨之夜，反对法国独裁统治的起义军首领加里波第，从关押他的监牢里逃了出来，躲过明哨暗岗和一列列巡逻兵，跑进了附近的一家酒馆。

正当他狼吞虎咽地咀嚼着面前的菜肴时，酒馆的老板认出了他：坐在桌前吃饭的这个小伙子，正是国王下令通缉的政治犯。老板肥胖的脸庞泛着兴奋的红光，抓住他，马上就可以发一笔大财。

为了把这位重要的政治犯身分搞准，老板凑到加里波第的桌前，自己给自己斟满一杯酒，没话找话地搭讪着说："兄弟，从哪儿来呀？"

加里波第沉稳地说："我是个外乡人，到这儿来想找一份工作，老板，不知您可以帮助我么？"

老板喋喋怪笑着说："行了，别跟我兜圈子了，你是起义军的头子加里波第，你一定是从监狱里逃出来的吧？我和你一说话，就听出了你的南部口音。怎么样，跟我走吧！我保证平安地将你送回监狱。”

加里波第问：“把我重新送回监狱，你会得到什么好处吗？”

“当然，我会得到一大笔赏金，说不定他们还会发给我勋章呢？知道吗？你可是个了不起的大人物。”

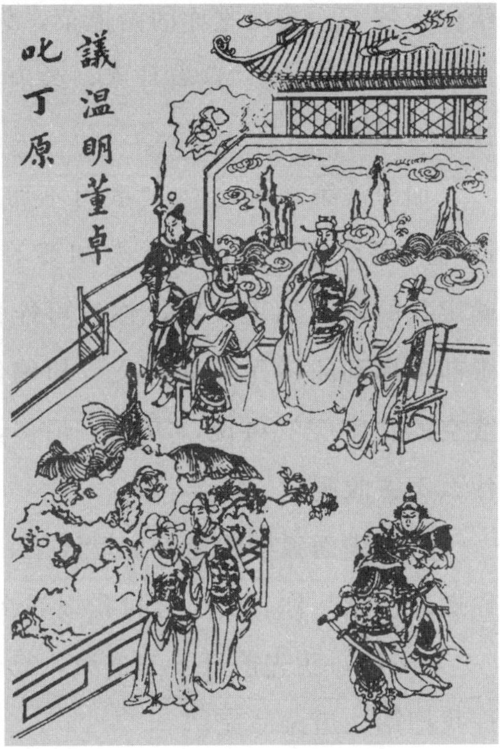

议温明董卓叱丁原

加里波第用餐巾擦了擦嘴，坦然地站起来，说：“老板先生，我万万没有想到，我居然会给你带来这么多好运，好吧，我这就跟你走。”

老板得意洋洋地：“这就对了，算你聪明，要知道，想反抗是没有一点意义的，瞧，我的那些侍者一个个身体棒得像牛，你绝对不是他们的对手。”

加里波第刚走出两步，又停住了。

老板讥讽地问："怎么，后悔了？"

"不，"加里波第惋惜地说："这样走，我不会再付给你饭钱了，我白吃你的两道菜，你不会心疼吧？"

老板大度地："这有什么，政府的赏金会比这顿饭钱多得多。"

加里波第郑重地说："我可不那么想，毕竟这顿饭钱马上就可以得到，而赏金却要等到把我送入监狱，确定我的确是加里波第，你才可能拿到。为什么不把眼前能抓到的钱先装进口袋，却偏偏等待着那也许会落空的奖赏呢？再说，有钱不怕多，能多收一点，为什么不去收呢？"

老板满面狐疑地望着加里波第，不解地问："我把你送进监狱，你真的还会付我饭钱么？"

"当然，我先前订了三道菜，已经上了两道，请允许我把第三道菜品完。"

老板沉思了一下，又望了望加里波第严肃诚挚的脸，点着头说："好吧，看在你用不了多久就会上断头台的份上，我允许你再吃完第三道菜。"

酒店里已经挤满了人，有人唱歌，还有人喝彩。正在思索脱身之计的加里波第走到前面，神态安然地大声说："诸位，我来给大家唱一首歌。"在一片掌声中，他潇洒地唱起了著名的诗人贝龙若的名作《慈悲的上帝》。

动人的歌词已令人心醉，美妙的歌喉更让人倾倒，小酒店里的客人们听得如醉如痴，连酒店老板也神志昏迷地陷入了歌声的意境。

等到老板从众人的喝彩声中清醒过来，这才发现那个被政府悬赏捉拿的小伙子已经无影无踪了。

“抓住他，快抓住刚才那个唱歌的小伙子，他是加里波第……”

然而，酒馆里歌声喧天，人声鼎沸，老板的叫喊声实在是太微弱了。

“快抓住他，谁能抓住他，我给他一半赏金……”

当老板心疼地喊出这句许诺的时候，加里波第早就走远了。

用障眼法或转移人们注意力的方法，把真实的企图掩藏起来，这便是瞒天过海之计的妙用之处。

故作神秘虚张声势的成功经商术

虚张声势本是兵家谋略，原是指兵力弱小的而故意示之强大，以迷惑敌人，使敌人不敢进攻，然后借机战胜对方。

大规模的广告宣传，请名人作广告，赞助文体活动等是造声势的方法，不过没有雄厚的物质基础是不可能的。造声势的方法有许多，除广告宣传外，故作神秘，引起人们的好奇心，也是一种方法。可以说，产品的销售量与造成的声势成正比，声势越大，买者越多。造声势本身是很严格的智谋行动，要有具体的计划，巧做安排。

1991 年，某县一个农民出身的商人看到农民种棉花的积极性很高，棉花的价格已达 3 元多 1 斤。长期以来，农民用的棉种早已退化，急需新棉种，而市场供应并不十分充足。充分了解情况后，此人决定用棉花种子发大财。

这位农民从外地买了一些优质棉种，谎称是托技术员从棉花研究所购买的高级种子。他买的种子不多，只够种一亩地，他并不卖这些种子，而是自己种。他还向很亲近的邻居出示了一张发票，种子不是按斤买的，而是每粒五角，这个价格令邻居非常吃惊。此人一再吩咐他不要外传，但不久就传得邻近的村庄都知道了。

种棉花时，他没有采用一般的种法，而是很仔细地先下种，然后移栽，下种时还专门请了县里的一个技术员亲临指导，这时很多人来观看，声势慢慢地造出来了。

棉花种下以后，他多施肥，科学管理。天旱时，他又浇水。由于水分充足，他的棉花当然比别人长得好。棉花还未开，四邻的村庄就有人去看，大家都称赞不愧为五角一粒的好种子，长得就是好。

秋天了，棉花田里一片洁白。为了进一步造声势，他又雇了三个小伙子和自己一起，天天晚上睡在地里看护棉花，而且准备了两支猎枪。

一天夜里，村里的人听到棉田里吵吵闹闹，又听到两声枪响，果然有人偷棉花了，结果小偷被吓跑了。其实这人与他们是一伙的，目的也是为进一步制造气氛。

收获时，许多人想买他的种子，最后人们以 40 元一斤的高价将种子抢购一空。为了扩大效果，此人还编了种棉的小册子，发给买种子的人，要他们按科学的种田方法种棉，人们对他更佩服了。

他种的棉花是优质不假，但决没有达到五角一粒的程度。他买的那年也只是 2 元多 1 斤，而他却卖了 40 元一斤的好价钱。只一年的时间，他就赚了 3 万多元。

这个农民的成功，在于他有周密的计划，造出了很神奇的声势。

所以，一个经商者，在一无资金，二无技术，三无场地等情况下，要在短短的时间内取得成功，就必须标新立异，利用人们的好奇心理，虚张声势。事实上就是利用了“瞒天过海”之计使他大赚其财。

卡西欧瞒天过海抢市场

日本精工与卡西欧两家公司，曾是手表制造业的竞争对手。精工公司发现瑞士人发明并研制了石英电子表以后，预测到在未来的一段时间内，市场将大量需求这种物美价廉的手表。便以仿造瑞士表为主，推陈出新，很快占据了国际市场，卡西欧公司在这一竞争中成了败将。然而，卡西欧公司并不气馁，经过分析，卡西欧公司老板认为尾随精工之后，难以与之争胜，必须另谋出路。一方面便装作若无其事的样子，并放出风去，说准备转产；另一方面却在暗中以石英晶体为震荡器的显示技术为目标，大力进行研制，经过反复实验，终于开发了精确度更高、造价更低的石英电子手表。使得精工公司不得不采取新的策略，以迎接卡西欧公司的挑战。

此后，卡西欧公司又以石英震荡器为中心，开发出了一系列新的电子产品，除电子手表之外，还大量生产收录机、电子钟、文字处理机、计时器和电视机等，公司效益日益提高。

这一例中，卡西欧公司在与精工公司的竞争中处于劣势，所以公司领导层故意放风说要转产，实则是为了掩盖其研制廉价电子表的目的，从而在竞争对手没有注意的情况下，占领手表市场，成为精工公司的劲敌。

MCI公司瞒天过海建微波通讯

1963年，MCI公司成立了，并向联邦通讯委员会（FCC）提出申请，在芝加哥与圣路易斯之间建立一个微波通讯系统。但是这一申请被联邦通讯委员会搁置了多年，直到1969年，这一通讯系统才获建立批准。申请刚获批准，很快就有大陆罐头公司，格雷乎德公司，克拉夫特公司等很多用户纷纷与MCI公司签订合租芝加哥到圣路易斯之间的微波通讯设备。

MCI的董事长麦高恩认识到微波通讯的发展前景极为广阔，这也正是公司迅速发展的绝好时机。为此，麦高恩拟定了一个庞大的建立全国性微波通讯网络的计划。但鉴于芝加哥到圣路易斯通讯系统的申请如此艰难，麦高恩担心进一步与联邦通讯委员会打交道，在向他递交全国性微波通讯网络建设申请时遇到更大阻力，于是他决定另辟蹊径，把大目标化为小目标，分头出击，各个击破。MCI开始设立分公司，数目达17家之多。这些公司中12家是MCI的附属公司，另5家，MCI在其中占有绝对的股份，足以使其受MCI的左右。这些公司成立之后，都各自分头向FCC提交新的申请，要求在某段路径上建立微波通讯中继系统。既然芝加哥到圣路易斯计划已获批准，其他计划当然也能顺利通过。到1972年，FCC开始加快对微波线路的审批。麦高恩开始“合拢”。他出资买下各地公司小股东手中的股份，使这些小公司合并成一个大的MCI公司，各段通讯线路进行联网，这样，就建立起了全国性的微波通调系统。

与此同时，它以低于其他通讯公司收费价格30％的优惠价，征集、吸引用户，迅速扩大业务量。

麦高恩为了建立起全国微波通讯系统，用化整为零、瞒天过海的诡计，顺利实施了自己的发展计划，使MCI公司成为美国极具竞争力的通讯公司，同时也被贝尔电报电话公司（AT&T）列为威胁最大的首要对手。

王世贞瞒天过海暗害唐顺之

一册《金瓶梅》，众说纷纭。

《金瓶梅》的作者是“兰陵笑笑生”，“兰陵笑笑生”又是谁？依旧是众说纷纭。据考证，真正的作者可能是李渔、卢楠、李开先、贾三近、屠隆、王稚登、王世贞、王世贞兄弟、王世贞及其门人……等等。

下面的故事是民间的一个传说：

馈金珠李肃说吕布

王世贞的父亲王抒收藏有北宋张择端的《清明上河图》，奸相严嵩得知后向王抒索要，王抒不敢不给，又不甘心给，于是找了一位画苑高手，临摹了一幅献给严嵩。严嵩不辨真假，看到赝品后连连夸赞，不料，翰林唐顺之一眼就识破了，严嵩因此恨透了王抒，找了个借口把王抒杀了。

王世贞深知父亲之死是因为唐顺之，他与唐顺之本是朋友，为了报父仇，朋友的友情也就无足轻重了。王世贞先后几次派人刺杀唐顺之，但都未得手，反而引起唐顺之的警惕。有一次，王世贞派出的刺客已把刀架在了唐顺之的脖子上，唐顺之从容不迫，说："请让我给家人写几句话吧。"刺客同意。唐顺之拿起毛笔，笔头忽然掉了，唐顺之佯做修理毛笔，把笔杆在烛火上烤了一会儿——笔管内暗藏有一支毒箭，遇热即飞出，刺客因此丧命。

唐顺之用计杀死刺客，侥幸逃生，但他不知刺客是谁，更是作梦也没想到所有这一切都是因为他点破《清明上河图》所致。

王世贞是明朝文坛的奇才，唐顺之很喜欢读王世贞的文章。一天，唐顺之偶遇王世贞，问王有无新作，王世贞信口应道："正在写一部《金瓶梅》。"唐顺之连忙说："老兄写好后让下人拿来，让小弟先睹为快！"

王世贞本是随口胡诌，根本连想也没想过什么《金瓶梅》，回到家中，想起在路上跟唐顺之说的话，觉得这倒是一个为父报仇的机会，于是，潜心写起《金瓶梅》来。王世贞找来几名帮手，一边写，一边印，印书之纸都是用剧毒之物浸泡过后又晾干的。《金瓶梅》印出来后，唐顺之立即派人取回家中。

由于是新书，油墨尚未干，一页与另一页常常粘连在一起，很不好翻揭。王世贞为吸引唐顺之一口气读完，故意把故事写得悱恻缠绵、奇峰迭起，因此，唐顺之不得不频频在舌上沾口水揭书。看着，翻着，翻着，看着，唐顺之正看得忘乎所以时，忽然觉得舌头有些发麻，头脑也有些发沉，唐顺之打了个冷颤，连手也开始发沉了。他挣扎着拿起镜子，向镜中一看，口腔内全黑了，尽全身之力喊道："来人，我被人暗算……"倒地而亡。

王世贞利用唐顺之看书时的不良习惯，巧用瞒天过海之计，不知不觉中暗算了唐顺之。

竟敢把军事机密公诸于众

1799 年"雾月政变"以后，拿破仑很快组成执政府，掌握了政权。但是谁都知道，要使政权得以巩固，迅速恢复国内的秩序固然非常重要，而有效地挫败外来敌军的可能进攻，则是政权能否顺利存在下去的关键。当时，第二次反法联盟各国的军队，正从几个方向威胁法国本土，而已经靠近法国边界的奥地利军队，由于重新抢占了拿破仑在1796年到1797年征服的意大利地盘，以强大的声势，对法国构成了最危险的威胁。

尽快打败奥军，夺回原有的领地，成了拿破仑在1800年的首要任务。面对皮埃蒙特境内的10万奥军，应该如何去取胜呢？这是一个颇费思量的问题，因为当时情况与4年前大不相同了。经过反复权衡，拿破仑清楚地意识到，再用以前的老办法，无论如何是不行的。根据眼下的实际情况，必须另辟蹊径，力争以一个决定性的战役粉碎奥地利军队的主力。为此，首要的条件是建立一支具有强大战斗力的军队，并在该军采取军事行动以前有效地隐蔽它的企图。其次，要使该军团的行动能够在战略上达成突然性。因为事情很明显，法军不可能在数量上取得对敌优势。而要达成这种突然性，唯一的办法就是放弃传统的进军路线，设法从北面的瑞士翻越阿尔卑斯山，直接迂回到驻意大利奥军的后方，显然，这两个目的都不是轻而易举能够达到的。为此，拿破仑进行了周密的策划，终于在1800年春组建了一个拥有强大力量的预备军团。

预备军团初具规模以后，估计到无法继续保密，拿破仑断然决定，不仅要把预备军团的组建公之于众，而且要把它的“实力”有意暴露出来，借此引起人们的猜测，诱使敌人作出错误的判断。1800年4月，经周密部署以后，拿破仑亲自出面，煞有介事地作了一番精彩的表演。他在巴黎正式宣布，已经组成一预备军团，其部队将在第戎集结，他决定亲自去那里进行检阅。

为了使人深信不疑，拿破仑采取了各种手段：自己给法国立法团和参议院写信，在政府《通报》上登载消息，通过报纸刊发布告，借此大肆宣扬预备军团的存在。这样做的结果，诱使大批间谍从欧洲各地赶到第戎。不过，这些间谍很快就失望了。他们在勃艮第的首府里，没有发现多少象样子的正规部队。只有刚刚招募来的几团新兵。除此之外，就是各种徒具虚名的所谓司令部等，那里尽是一些老弱残兵，他们服装不整，装备不齐，看来毫无战斗力。拿破仑果然在那里进行了一次检阅，但人们感到奇怪，一个堂堂大国的最高统帅，为什么不呆在巴黎，而要跑到这里来检阅一支引人发笑的队伍。这样的检阅，完全可以派一个旅长去进行。

这次检阅以后，消息不胫而走，很快传到了伦敦、维也纳和其它政治中心。拿破仑的预备军团开始成为绅士们的言谈笑料。紧接着，五花八门的讽刺画在欧洲各地出现了。其中一幅画着“12个童子军和一个装着木脚的残废人”，下面的标题写着：“拿破仑的预备军团”。与此同时，许多手抄的传单也相继出现。其实，有的传单和漫画，是由法国间谍机关精心制造的。有的传单还故意“透露”了有关拿破仑一些不大光彩的轶事趣闻。经过这些舆论手段的渲染，人们形成了这样一种印象：拿破仑的预备军团完全是编造出来的，事实上并不存在；拿破仑所以要这样作，纯属欺骗宣传，是为了牵制奥地利人而设置的一个圈套，其目的在于使奥军不去进攻法国本土。

指挥奥地利驻意大利军队的统帅梅拉斯，当时一再发表谈话，说什么：“用来威胁我们的预备军团只是一群乌合之众”，“敌人希望利用它来迷惑我们，使我们解热那亚之围”，并扬言“法国人把我们看得太简单了”，同时，他决心调兵南下，加紧围攻当时仍由法军控制的热那亚城，这些事实说明，拿破仑以假掩真的目的完全达到了。从而为法军突然进入意大利与奥军交战，创造了有利条件。

第二计　围魏救赵

【原文】

共敌不如分敌[①]，敌阳不如敌阴。[②]

【注释】

①共敌不如分敌：共，集中的。分，分散，使分散。句意：打集中的敌人，不如设法分散它而后再打。

②敌阳不如敌阴：敌，动词，攻打。句意为先打击气势旺盛的敌人，不如后打击气势旺盛的敌人。

【译文】

进攻兵力结集的部位，不如打击敌人兵散的部位；攻击敌军的阳刚部位，不如攻击敌人的阴弱部位。

【按】治兵如治水，锐者避其锋，如导流；弱者塞其虚，如筑堰。故当齐救赵时，孙子[①]谓田忌[②]曰："夫解杂乱纠纷者不控拳[③]，救斗者不搏撠[④]。批亢捣

虚[5]，形格势禁[6]，则自为解耳。”（《史记》卷六五《孙子吴起列传》）

【注释】

①孙子：指孙膑，齐国阿（今山东阳谷东北）人，孙武后裔。因魏将庞涓陷害，被处膑刑（去膝盖骨），故称孙膑。后为齐威王军师，与将军田忌在桂陵（今河南长垣西北）、马陵（在今山东郯城，或说在河南范县）大败魏军。著有《孙膑兵法》。

②田忌：一作田期，田期思。战国初齐将，先后在桂陵、马陵大败魏军。后因与齐相邹忌不和，被诬陷，出奔楚，被封于江南。

③不控拳：控，投。不用拳头打击，而用手指解析。

④不搏撠：撠，用手持撠刺人。不搏撠，意为不用手持戟刺人。

⑤批亢捣虚：亢，咽喉，喻要害。意为抓住要害，乘虚攻击。

⑥形格势禁：以形格，以势禁。意为利用形势的制约力迫使对手就范。

【译文】

用兵如同治理流水，精锐之敌的锋芒应该避开，像疏导洪水（应避开洪锋），薄弱之敌的空虚之处则应予以插入打击，如修筑堤坝。

例如齐国救赵国时，孙子对田忌说：“凡是解开乱丝乱绳的，不用拳头；解开斗殴的，不动手参加搏击。避开势头，打击薄弱环节，事态的发展受到外部形势的限制，争斗也就自然而然地化解了。”

【计名探源】

事见《史记·孙子吴起列传》，是讲战国时期齐国与魏国的桂陵之战，公元前 354 年，魏惠王欲释失中山的旧恨，便派大将庞涓前去攻打。这中山原本是东周时期魏国北邻的小国，被魏国收服，后来赵国乘魏国国丧之机将中山强占了。魏将庞涓认为中山不过弹丸之地，距离赵国又很近，不若直打赵国都城邯郸，既解旧恨又一举双得。魏王从之，欣欣然似霸业从此开始，即拨五百战车以庞涓为将，直奔赵国，围了越国都城邯郸。赵王急难中只好求救于齐国，并许诺解围后以中山相赠。齐威王应允，令田忌为将，并起用从魏国救得的孙膑为军师，领兵出发。这孙膑曾与庞涓同学，对用兵之法，谙熟精通。魏王用重金将他聘得，当时庞涓也正事奉魏国。庞涓自觉能力不及孙膑，恐其贤于己，遂以毒刑将孙膑致残，断孙两足并在他脸上刺字，企图使孙不能行走，又羞于见人。后来孙膑装疯，幸得齐使者救助，逃到齐国。这是一段关于庞涓与孙膑的旧事。且说田忌与孙膑率兵进入魏赵交界之地时，田忌想直逼赵国邯郸，孙膑

三十六计之围魏救赵

制止说：解乱丝结绳，不可以握拳去打，排解争斗，不能参与搏击，平息纠纷要抓住要害，乘虚取势，双方因受到制约才能自然分开。现在魏国精兵倾国而出，若我直攻魏国，那庞涓必回师解救，这样一来邯郸之围定会自解。我们再于中途伏击庞涓归路，其军必败。田忌依计而行。果然，魏军离开邯郸，归路中又陷伏击与齐战于桂陵，魏部卒长途疲惫，溃不成军，庞涓勉强收拾残部，退回大梁。齐师大胜，赵国之围遂解。

这便是历史上有名的“围魏救赵”的典故。

【评语】

事见《史记》卷六十五《孙子吴起列传》，原指一次以计解除困危的军事行动。后来引申为：乘敌方以主力集中攻打邻国，双方苦苦激战而又相持不下之时，借以向敌国本土要地发起攻击，待敌军仓皇回窜时，在中途设伏兵将其一举歼灭的计谋。这里的“共敌”义谓兵力集中之敌。这里的“分敌”是指依计调开兵力集中之敌，使之因兵力分散而趋弱势，从而一举加以歼灭。古代兵家持此主张者可谓多矣。《管子·势》篇云：“分其师众，人既迷芒，必其将亡之道。”《十一家注孙子·谋攻篇》称：“倍则分之。曹操注曰：以二敌一，则一术为正，一术为奇。”其《虚实篇》又称：“故形人而我无形，则我专而敌分；我专为一，敌分为十，是以十攻其一也，则我众而敌寡者，则吾之所与战者，约矣。”《吴子·论将》篇亦谓：“轻兵往来，分散其众。”

公元前三五三年，魏国攻伐赵国，魏军包围了赵国的都城邯郸（今河北省邯郸市）。赵国火速向齐国求救，齐王立即任命田忌为将，孙膑为军师，出兵前去救赵。当时，田忌本打算率军直奔邯郸，以解赵国之困。但是，军师孙膑却建议：当前魏国的精锐部队都投入到邯郸的围困战中，国内非常空虚，所以我们应当采取进攻魏国都城大梁（今河南省开封市）的谋略。这样，不仅能够解除赵国的危机，还能使魏国腹背受敌而疲于奔命。田忌欣然采纳了孙膑的计谋，率兵直奔魏都大梁。魏军果然马上放弃了对邯郸围困，日夜兼程回援大梁。当魏军走到桂陵（今山东省荷泽市东北）时，齐军使用“以逸待劳”的战术，几乎使其全军覆灭。这便是运用“围魏救赵”计谋而以巧取胜的最早的成功战例。

古人认为，对敌作战就像治水一样：对来势凶猛的强大敌人，采取疏导分流的方法，从而避开它的恶浪般的冲击，待其力量因分散而日渐削弱的时候，再集中兵力一举将它消灭；而对弱小之敌，则要采取筑坝截流的方法，必须抓住它的弱点，一举歼灭之。所以，当齐国前去援赵国时，孙膑对田忌说：“理开乱丝和绳结，只能用手指去解，不能用拳头去捶打；同样，调解搏斗的办法，只能用口加以调解，而不能动手直接参与。”只要避实就虚，攻其要害，使敌方的势头受到遏制，就会自然而然地解围了。

【战例】

桓温围魏救赵掌大权

东晋穆帝时，世家大族桓温得势，权倾朝野。晋穆帝永和元年八月，都亭肃侯庾翼去世，朝廷论议都认为庾氏家族世世代代驻守西部藩镇，为人心所向，应当同意庾翼的请求，让庾爰之接替职位。何充说："荆楚是国家的西方门户，有民众百万，北边连结强大的胡虏，西边邻近强大的汉国，地势险阻，周边有万里之遥。得到合适的人选那么中原可以平定，所用非人那么国家命运可堪忧虑，这就是陆抗所说的：'存则吴存，亡则吴亡'。怎能让白脸少年人担当这样的职位呢！桓温英气、谋略过人，有文武两方面的才干，这个职位，没有比桓温更合适的人了。"论议者又说："庾爰之肯让给桓温吗？如果他率军抗命，国家所受的耻辱和惊惧都不会小。"何充说："桓温足以制服他，你们不必担忧。"

丹杨尹刘恢经常为桓温的才干惊奇，但知道他有不甘为臣的志向，刘恢对会稽王司马昱说："桓温不能让他占据地形便利的地方，对他的地位、封号也应当经常贬抑。”劝司马昱自己镇守长江上游，让自己任军司，司马昱不听。刘恢又请求自己前往，也不获准许。

庚辰（疑误），任命徐州刺史桓温为安西将军、持节、都督荆州、司州、雍州、益州、梁州、宁州诸军事、领护南蛮校尉、荆州刺史，庾爰之果然不敢与他争位。又任命刘恢监察沔中诸军事，兼领义成太守，替代庾方之。把庾方之、庾爰之迁徙到豫章。

会稽王司马昱畏桓温势盛，荐举另一世家殷浩，殷浩被任命为建武将军，扬州刺史，都督扬豫徐兖青五州诸军事，与桓温抗衡。桓温不愿意有人与之相抗衡，便多次上书请求北伐，以期通过北伐攫取更大的政治军事权力。殷浩和穆宗深知桓温的用意，不批准桓温的上书。然而，桓温声言北伐，光复故土，名正言顺，如果没有一定的举动，其理必在桓温，何况桓温拥众四五万于武昌，北可进击中原，南可攻打建业（京城）。为了搪塞，穆宗派褚裒、殷浩两次北伐，结果都损兵折将，惨遭失败。这就给桓温以把柄，使桓温得以“因朝野之怨，乃奏废（殷）浩，自此内外大权一归温矣。”尔后，桓温三次北伐，有一些建树，权力日益膨胀，身为都督中外诸军事、假黄钺，总督内外大权。桓温“既负其才力，久怀异志，欲先立功河朔，还受九锡”，最终为攫取皇权，乃废掉晋帝司马奕为海西公，拥立简文帝司马昱，以便独揽大权。

司马昱原本与殷浩联合以抗桓温，殷浩被废，他已是孤掌难鸣。再加上桓温专权，翦除异己，左右都是桓温耳目，司马昱无可援之势力，又难受傀儡之辱，故常吟庚阐“志士痛朝危，忠臣哀主辱”诗以感叹。在位才两年，便忧愤而死。

桓温在这场政治斗争中，两次使用围魏救赵之计歼其渠率，攻其要以胜之的手法。第一次是借北伐之名，实欲除掉与之相抗衡的政敌首领殷浩。殷浩与庚氏都是世家大族，并且都握有重兵，朝野上下也多是其党羽。以此之故，桓温攻击殷浩，意在歼其首领，使其失去统帅，然后各个击破。果然，殷浩一去，群雄无首，桓温先后杀掉庾倩、殷涓等，一举占据优势，连身为吴中世家大族首领的谢安，见桓温也得“遥拜”。在基本掌握主动权之后，桓温的野心也日益增加，便实施第二次，就是借推司马昱为帝，将其驾空，困而辱之，这也是歼其渠率的重要手段。司马昱死后，桓温拥立司马曜，开始向皇权进取。然其命运不济，大事未成而身先病死。

朱健智救辟阳侯

汉惠帝时，平阳君朱健为人刚正敢言，智慧超人，深受吕太后宠幸的辟阳侯想结交朱健，朱健不肯。朱健的母亲死后，因为贫穷，无钱发丧。辟阳侯趁机送他一百两黄金，别的官员因为辟阳侯的原因，也纷纷馈赠。

后来，有人揭发了辟阳侯的隐私，惠帝大怒，罢了辟阳侯的官，还要杀他。吕太后内心羞惭，无法为他求情，大臣们大多受过辟阳侯的伤害，都想让他死。辟阳侯派人找朱健，想见朱健一面，朱健却说：“他犯了死罪，我不敢见他”。而暗中朱健却求见惠帝的宠臣闳孺，朱健说：“你得到皇帝宠幸的事，天下没有不知道的。现在辟阳侯被罢官，街谈巷议都认为是你进了谗言。若辟阳侯死，吕太后必迁怒于你，她必设法也杀了你。你不如脱去上衣，裸露身体去为辟阳侯求情，皇帝必听从你的意见放辟阳侯出狱，太后一定非常感激你，从此，就会受到两个人的宠幸，你的富贵也增加一倍。”闳孺听后十分惶恐，听从朱健的话向皇帝求情，皇帝就放了辟阳侯。

朱健要救辟阳侯，不能自己去求情，如果自己去，极可能连自己也被杀头，别的大臣都恨辟阳侯自然不能去找他们。去找闳孺，以朱健的地位，直接说明来意，即使苦苦请求，闳孺也必然以不敢得罪别的大臣而拒绝。朱健采用攻击他的办法，使他害怕，他宁可得罪别的大臣也不敢得罪吕太后，不用请求，他就自愿去为辟阳侯求情，这同军事上的围魏救赵是相同的道理。

滑伯仁救病人

我国元代，程铭先生患腿病，一位医生在为他针灸治疗时，不慎将银针折断，情势急迫，于是特请当时有名的针灸学家滑伯仁来解救。滑伯仁气喘吁吁地赶到程家，看到程铭疾首蹙额地在床上痛苦呻吟，右腿弓曲不敢动弹。巴医生神色不安，焦急万分，用手紧紧捏住尚留在皮外的一点点银针断头，生怕银针走入病人体内，产生生命危险。程家一家老小，此时也急得六神无主，不知所措。

滑伯仁来到病人床前，冷静地先告诫大家不要慌乱，并请围着的人全部出去，然后便镇定自若地排险。他不是使用随意按摩的方法，而是沉吟了片刻，采取了因势利导，声东击西、围魏救赵的治法。因为他深深懂得，针刺治病取穴一般不是头痛医头，脚痛医脚，而是头部的病却取足部的穴位，左侧的病却取右侧的穴位，内脏的病却取四肢的穴位。现在，他决定采取同样的计策来排除眼前病人的险情。

考虑到断针是在程铭先生的足少阴经脉的穴位——阳陵泉穴，滑伯仁便沿着这条经络循行着，在离阳陵泉穴很远的风市穴扎下一根又长又粗的银针，并用力捻动起来，病人忍受不住这个强烈的刺激，而痛得大喊大叫，汗流如注。这时风市穴旁的肌肉猛烈的抽搐着，而阳陵泉穴部位的肌肉却逐渐松弛下来。滑伯仁瞅见时机已到，忙向巴医生丢了一个快拔断针的眼色，巴医生心领神会，果断地将断针头十分顺利地拔出。接着，滑伯仁也在病人稍缓之时，拔出粗的银针。由于滑伯仁成功地运用了“围魏救赵”之策，眼见一场关系到病人生死的医疗事故，已化险为易。大家不但心悦诚服，而且不约而同的都向滑伯仁投来了敬佩的目光。

班超经营西域

东汉初年，汉明帝派大将军窦固率军西进攻打匈奴。为联络西域一些受匈奴欺侮的小国一起围攻匈奴，窦固派班超为使者远赴西域。

班超一行 36 人历尽艰苦，来到了西域的鄯善国。开始时鄯善王对他们很友好，可不久就变得冷淡了。原来，与汉朝为敌的匈奴也派使者来到鄯善，不断向鄯善王施加压力。

班超立刻召集大家商议对策。他说：“我们来到西域，无非是想立功报国，现在鄯善王因匈奴使者到来而变得优柔寡断。我们该怎么办呢?”大家都说：“如今到了紧要关头，我们听从您的决定。”班超语气变得坚定起来：“不入虎穴，焉得虎子。今晚我们趁夜色发动进攻，消灭匈奴使者，这样鄯善王就不会再犹豫与我们结好了。”

夜幕低垂。班超率领手下人直奔匈奴使者的宿营地。班超让 10 个人擂鼓呐喊，制造人多的声势，其余的人放火烧帐，冲杀进去。一时间匈奴使者的营帐大火熊熊，鼓声和喊杀声响成一片。匈奴人从睡梦中惊醒，四处抱头鼠窜，大都作了班超一班人的刀下鬼。

战斗结束后，班超把鄯善王请来，叫他看匈奴使者的首级。鄯善王吓得面如土色。班超乘机说服他与汉朝建立友好关系。为表示诚意，鄯善王还把儿子送到洛阳去作人质。

鄯善王想结交匈奴是因为有匈奴使者的逼迫。班超夜袭匈奴使者，不但保全了自身，也达到了出使的目的，可谓一举两得。

有许多时候、许多事，直接去做付出再大努力也难有成效，此时撤出身来静观细察，以迂为直，旁敲侧击，反倒能马到成功。

攻其必救夏侯渊击破马超、韩遂

公元214年（汉献帝建安十九年）

春季，马超请求张鲁分派给他一支军队，向北攻取凉州。张鲁派遣马超回军围攻祁山，祁山守将姜叙向夏侯渊告急。夏侯渊部下将领议论，认为必须上报魏公曹操，由他发令调度。夏侯渊说：“魏公远在邺城，向他报告，往返行程四千里，等他的命令传到这里，姜叙等人必定早已被打败，这不能解救危机。”于是命令部队行动，由张部率步、骑兵五千人为先头部队。马超败退而走。

韩遂驻军显亲，夏侯渊欲图袭击韩遂，夺取显亲，韩遂退走。夏侯渊追到洛阳，距离韩遂驻地三十余里。将领们准备向韩遂发动攻击，有人建议应当进攻兴国的氐族。夏侯渊认为：“韩遂的军队精锐，兴国有坚固的城防，此时进攻很难迅速取胜，不如攻打长离的羌

杨阜借兵破马超

人部落。很多长离的羌人都在韩遂军中，他们必然会回去援救自己的家乡。韩遂若舍弃长离羌人拥兵自守，便会失去羌人的支持而势孤力单，如果援救长离，我们就可以与他的部队进行野战，一定能够生擒韩遂。”于是，夏侯渊留下督将守卫辎重，亲自率军轻装至长离，攻打烧羌部落，韩遂果然来救长离。夏侯渊的部下将领见韩遂兵多，要扎下营盘、挖好堑壕再作战。夏侯渊说：“我军千里转战，如果再扎营盘，掘堑壕，士兵便会疲惫不堪，无法再用他们去作战了。韩遂兵虽多，并不难对付。”夏侯渊下令击鼓进攻，一举击溃了韩遂的军队，并乘胜包围了兴国。氐王逃到马超那里，其余的官兵都投降了，夏侯渊又转而进攻高平、屠各两个部落，也都把他们击溃。

夏侯渊刚勇果断，因时制宜，发兵击走马超。知韩遂兵精，兴国城固，不硬拼硬打，而是攻其必救，以逸待劳，因而得大破韩遂。

杨广用计当太子

隋文帝杨坚有五个儿子，即杨勇、杨广、杨俊、杨秀、杨谅。杨坚自夺得帝位以后，便立长子杨勇为太子，“军国政事及尚书奏死罪以下，皆令勇参决之”，颇受重用。史称杨勇“颇好学，解属词赋，性宽仁和厚，率意任情，无矫饰之行。”他做为长子，又出身富贵之家，早早立为储嗣，志骄意满，也就种下祸机。

杨坚尚节俭，自已服御的东西，或坏或旧，“随令补用，皆不改作”。本人平日所食，“不过一肉而已”。在他的提倡下，那时的“丈夫不衣绫绮，而无金玉之饰，常服率多布帛，装带不过铜铁骨角而已”。然而，他“天性沉猜，素无学术，好为小数，不达大体”。而杨勇则截然不同，好奢华，文饰蜀镫，养马千匹，“春夏秋冬，作役不辍，营起亭殿，朝造夕改。”在冬至时，“百官朝勇，勇张乐受贺”，大张旗鼓地与百官来往，怎能不使“天性沉猜”的父亲心疑？但杨勇又不会矫饰，稍有不满，便“形于颜色”；其父派人“以伺动静，皆随事奏闻”；那些善于逢迎势利的群臣，得知杨坚生疑，自然趋奉当今君主，“于是内外喧谤，过失日闻”，使杨勇处在危机之中。

杨勇的所作所为，引起父母的猜疑，这就给其弟弟杨广谋夺储位带来希望。本来杨广身为次子，没有成为继承人的可能，但他“每矫情饰行，以钓虚名，阴有夺宗之计”。于是，杨广先使用瞒天过海之计，骗取父母的信任，然后便使用围魏救赵之计的内引外联的手法，暗中密谋，伺机夺储。

于内，杨广深知父亲颇听信母亲的话，便千方百计骗取母亲的好感，期为内助。有一次，杨广要回扬州镇守时，拜见母亲独孤皇后。几句离别话未竟，便“哽咽流涕，伏不能兴”。惹得独孤皇后“泫然泣下”。趁母亲悲伤之时，杨广开始进谗言：“臣性识愚下，常守平生昆弟之意，不知何罪，失爱东宫，恒蓄盛怒，欲加屠陷。每恐谗谮生于投杼，鸩毒遇于杯勺，是用勤忧积念，惧履危亡。”这一番话，引起独孤皇后对杨勇素日的不满，不由忿然说道：“睍地伐（杨勇小名）渐不可耐，我为伊索得元家女，望隆基业，竟不闻作夫妻，专宠阿云，使有如许豚犬（指云氏所生诸子）。

前新妇（指元氏）本无病痛，忽尔暴亡，遣人投药，致此夭逝。事已如是，我亦不能穷治。何因复于汝处发如此意？我在尚尔，我死后，当鱼肉汝乎？每思东宫竟无正嫡，至尊千秋万岁之后，遣汝兄弟向阿云儿前再拜问讯，此是几许大苦痛邪！”杨广闻言，“呜咽不能止”，独孤皇后见状，“亦悲不自胜”。杨广终于取得内援。尔后，“中使至第，无贵贱，皆曲承颜色，申以厚礼。婢仆往来者，无不称其仁孝。”杨广运用这种方法，牢牢地巩固住内线。

于外，杨广在朝臣中看中了“兼文武之资，包英奇之略，志怀远大，以功名自许”的杨素，便“倾心与交”，将谋夺储位之意告之。杨素跟随杨坚，立下许多功勋，史家评论：“考其夷凶静乱，功臣莫居其右；览其奇策高文，足为一时之杰。然专以智诈自立，不由仁义之道。”杨素得知如此重大计谋，也不由权衡再三。于是，他先探明独孤皇后的心意，认为杨广有为储贰的可能；又以为“诚能因此时建大功，王（杨广）必镌铭于骨髓，斯则去累卵之危，成泰山之安也。”便甘心为杨广的外援。

杨广运用内引外联的手法，使杨勇内失父母之爱，外寡群臣之助，削夺杨勇的内外势力，最终废掉杨勇，而代之为太子。在整个谋夺储位过程中，杨广“示无私宠，取媚于后。大臣用事者，倾心与交。”自己很少出面竞争，故上取爱于父母，下得心于群臣，这正是按爻辞“居贞吉”的卦象而行事的。如果杨广公开谋夺，这便不是“居”，其成功的可能就很少了，这也是爻辞“不可涉大川”所示。

使用围魏救赵之计的内引外联的手法，重点在于掩饰真实目的，暗中活动，不宜公开，这也是使用这种手法获得成功的根本。如果不是这样，很容易走向反面，非但难以获胜，而且凶险必至。

崔胤围魏救赵招祸害

唐朝末年，藩镇割据，宦官专权，朝臣分党，尤其是经过黄巢大起义之后，“王室日卑，号令不出国门”，唐王朝已经名存实亡。即便如此，朝廷内的政治斗争也没有因“朝廷日卑”而停息片刻。

公元888年，唐僖宗死后，宦官杨复恭拥立僖宗之弟李晔为帝，是为昭宗。昭宗“体貌明粹，有英气，喜文学，以僖宗威令不振，朝廷日卑，有恢复前烈之志，尊礼大臣，梦想贤豪，践作之始，中外忻忻焉。”不过，这时的宦官与朝官之间的斗争达到白热化，他们各自拉拢藩镇为援助，昭宗虽有大志，很难伸其意，而且还要为逃避藩镇争斗，而避难他方。昭宗即位多年，非但没有夺回权力，反被宦官勾结藩镇，屠杀宗室11个王。昭宗痛恨宦官，乃与宰相崔胤相谋铲除宦官。崔胤外结宣武节度使朱全忠为援，内引左神策军指挥使孙德昭为助。宦官也不示弱，他们内控昭宗，外结强藩为援。双方旗鼓相当，各不相让，都很难除掉对方。昭宗感到渺茫，也就变得“多纵酒，喜怒无常”。宦官感觉到昭宗难以控制，乃阴相谋曰：“主上轻佻多变诈，难奉事；专听任南司（朝官），吾辈终罹其祸。不若奉太子立之，尊主上为太上皇，引岐（李茂贞）、华（韩建）兵为援，控制诸藩，谁能害我哉！”

废汉帝陈留践位

公元900年12月，宦官的左军中尉刘季述、右军中尉王仲先、枢密使王彦范、薛齐幄（当时号为四贵）等发动宫廷政变，陈兵于殿廷，威胁百官联名署状，将昭宗幽禁少阳院，立太子李裕为帝。崔胤虽在兵锋之下联名署状，但内心不甘，暗地侦察四贵之短，于公元 901 年正月元旦发起攻击，诛除四贵，迎昭宗复位，平定这场宫廷政变。

唐王朝内部冲突不断之际，朱全忠已兼并河北，染指河中，控制河东，向关中地区发展了。就在诛除四贵之后，神策军指挥权又落到得到凤翔节度使李茂贞支持的宦官韩全诲手中，而崔胤又因欲得军权而得罪李茂贞，只好全心投靠朱全忠。这样，“全忠欲迁都洛阳，茂贞欲迎驾凤翔，各有挟天子令诸侯之意。”崔胤欲诛除宦官，致书朱全忠，让他发兵迎昭宗赴洛阳。韩全诲闻朱全忠发兵，乃勒逼昭宗前往凤翔往依李茂贞。公元 903 年，朱全忠数败李茂贞，进军凤翔城下，以兵相逼。李茂贞无奈，只好杀宦官韩全诲等 70 余人，交出昭宗，欲与朱全忠和解。

昭宗回到长安，实际上是出了狼窝又入虎穴，转为朱全忠所控制。崔胤自以为得计，认为诛除宦官时机已到，乃指责宦官“夺百司权，上下弥缝，共为不法，大则构煽藩镇，倾危国家；小则卖官鬻狱，蠹害朝政。”朱全忠以此为由，“以兵驱宦官第王可范等数百人于内侍省，尽杀之，冤号之声，彻于内外。”宦官集团在崔胤内引外联的压迫下，遭到毁灭性的打击。

崔胤依靠朱全忠的势力，诛灭宦官，排除异己，专权自恣，自鸣得意。孰知前门拒狼，后门引虎。朱全忠自攻破李茂贞，兼并关中，威镇朝野，篡夺之意已经昭彰于内外。在这种情况下，崔胤开始害怕，乃奏请昭宗，重建天子六军，每军步兵六百人，骑兵百人，共六千六百人，以分番侍卫。这一举动引起朱全忠的猜疑，便派朱友谅将崔胤杀死，解散六军，迁昭宗于洛阳，篡夺之势完成。

唐昭宗时的统治集团内部冲突，无论是宦官还是朝臣，都以外引藩镇为援，内控君主以为令，固然都是内引外联的手法，但此时利于相安，保持平衡，谁也不易有大动作，这正是“不可涉大川”的内涵；再加上他们谋夺对方目标明确，不注意、也不会掩饰，这就失去使用这种手法的成功之本，即使在表面上获得一些成功，肯定是难以持久，乃至招来灭顶之灾的。

王守仁大败朱宸濠

公元 1519 年 6 月，明宗藩室宁王朱宸濠起兵叛乱。7月，朱宸濠率 6 万大军出鄱阳湖，顺江东下，直趋安庆。安庆危在旦夕。

江赣巡抚、佥都御史王守仁此时率州府兵8万人行至丰城，得知安庆告急，立即召部下众将商议对策。会上，推官王晖提议道：“宁王攻打安庆，连日不下，说明他兵疲气沮。若此刻率大军救援，与安庆守军前后夹攻，必能取胜。在安庆打败朱宸濠之后，南昌城唾手可得。”听了王晖分析，众将议论纷纷，有的赞成，有的反对。王守仁此时站出来说：“王君只知其一，不知其二。试想我军欲攻安庆，必要越过叛军镇守的南昌，困难情形暂且不说，就是到了安庆与朱宸濠相持江上，势均力敌，胜负也未可知。况且安庆守军已经连日激战，一定疲惫不堪，不足为我援应。假如此时南昌之敌出现于我军背后，绝我饷道，南康、九江的敌人趁机进逼，使我军腹背受敌，我们岂不是自蹈危地吗？依我之见，不如先攻打叛军老巢南昌。宁王的精锐之师已东下安庆，南昌守军一定脆弱。而我军新集，气势正盛，不难攻破南昌，宁王闻说南昌危急，必定不肯坐失巢穴，安庆之围自可解除。等朱宸濠回到南昌，我们已将城夺下，这样一来，叛军的士气必会非常低落。我军再乘势攻击，必大获全胜。”听了王守仁的分析，王晖与众将官都心悦诚服，一致同意攻打南昌。

临行之时，有侦骑来报：叛军在南昌城南预置伏兵，作为城援。王守仁立即派 5000 骑兵，连夜出发，抄近路掩袭叛军伏兵。

王守仁率大军来到城下，即刻发动进攻。果不出王守仁所料，叛军势单力孤，逐渐不支。城南伏兵欲来援助，被 5000 骑兵冲得落花流水，四处逃散。几天后，王守仁攻克了南昌。

这时的宁王日夜督军进攻安庆，由于守军顽强抵抗，战事进展很小。南昌失守令他大惊失色，急令撤兵回救南昌。谋士进谏说："现在回南昌已经来不及了。我们应一鼓作气，即刻起兵直取南京。"朱宸濠沉吟半晌，方说道："南昌乃我之根本，金银钱谷，积储颇多。我无论如何要夺回南昌。"

朱宸濠率军乘船顺江而上，直扑南昌。王守仁先把叛军先锋船队引进埋伏圈，然后出奇兵大败叛军。朱宸濠增兵再战，结果还是败绩。不死心的朱宸濠收拢各部船舰，在江面上连成方阵以求固守。王守仁见状遂决定用火攻，结果朱宸濠的船队成为灰烬。

史巴兹牵制德国飞机

史巴兹是第二次世界大战中美国空军军官，也是二战中著名的军事家之一。

诺曼底登陆之前，德国空军仍然十分强大。它无疑是盟军的一大障碍，不仅会使大批登陆士兵伤亡，而且会直接影响战役的成败。

如何确立空中优势呢？盟军中出现了两种意见。一种以艾森豪威尔为首，他们坚决主张用重轰炸机攻击法国北部和比利时的运输系统，以孤立登陆地区，并认为这是登陆成功的最佳保证。史巴兹则主张盟军的轰炸机攻击德国本土，尤其是攻击德军的生命线——石油设施，迫使德空军将主要力量放在保护本土上，无力顾及诺曼底方面。他认为，如果仅攻击那些运输目标，则德国为保存实力，可能不会起飞应战，当盟军在诺曼底登陆时，就会遭到德国战斗机的拼死拦截。

艾森豪威尔固执己见。史巴兹只好同意自己所属的轰炸机去攻击运输目标，但却要求艾森豪威尔允许当兵力可以抽调时，仍可使用自己的轰炸机去攻击德国境内的石油目标，否则决心辞职不干。

事实证明史巴兹的想法是正确的。由于第八航空队对德国石油设施的攻击，使大批的德国战斗机保留在远离大西洋海岸的国内，所以盟军在诺曼底登陆时，德国空军已成了一个无足轻重的因素。

史巴兹的策略与我国历史上的围魏救赵相类似。为了确保一场战役的胜利，不让敌方形成拳头状是十分重要的。而分散敌方兵力最好的方法即是打击敌人的要害部位，迫使其抽调兵力以自保。

美国可口可乐公司锦囊妙计

1923 年，罗伯特·伍德鲁夫当上了可口可乐公司的第二任董事长。

可口可乐自 1886 年问世以来，到现在已有一百多年的历史。它所以能在世界各地畅销不衰，一个重要原因就是该公司拥有几位雄才大略、精明强干的主管人。

使可口可乐成为国际饮料的功臣，当首推伍德鲁夫。他 1890 年生于美国乔治亚州的哥伦布市，受过军事教育。20 岁时便离开大学出外谋生，阅历颇广。

他当上董事长后的第一个惊人设想，就是“要让全世界的人都喝可口可乐”。显然，伍德鲁夫的这种设想是考虑到美国国内市场已接近饱和，必须另辟市场。

但是，如果他没有过人的胆识与魄力，这个设想是很难变成现实的。要把一种略带药味的饮料推销到国际市场，使各种人都能接受和欢迎，谈何容易。

谋董贼孟德献剑

难怪可口可乐公司董事会的元老们，对伍德鲁夫上任后就增设一个“国际市场开发部”持有异议。一位名叫杜吉尔的董事是个保守的元老派，他怒气冲冲地找伍德鲁夫“兴师问罪”。

伍德鲁夫争辩说：“美国的食品能在国外销售，这么好的饮料为什么就不能推销呢?”杜吉尔说：“食品与饮料完全两样。不管是什么人，对食品主要考虑的是营养成分。只要有营养，他们是愿意让自己的口味迁就食品的。而饮料只是消暑解渴，喝不喝两可，外国人怎会放弃自己的传统的习惯去迁就饮料呢?”

“你说的有道理，但是请不要忘记，人，不管哪个国家的人都有好奇心和习惯两个因素。”

杜吉尔答道："好奇心难以持久，如果不能从好奇变成习惯，那么国外的推销就会失败。现在国内市场看好，犯不着去国外冒险。我知道你上任后想显示一番，但你不能用公司全体人员的利益，为自己的虚荣和好强孤注一掷。"

这场争论不欢而散。杜吉尔的指责使伍德鲁夫陷入了痛苦之中。他反复思考着"让全世界的人都喝可口可乐"的设想，自信一定能行得通。他记得一次在旧金山参加宴会时，看到不少中国人喝可口可乐，手不离杯，津津有味。可见外国人也能像美国人一样接受和欢迎这种饮料。只要推销方式恰当、手段得法，国际市场一定能够打开。他树立了这种信心后，就有了努力的方向。他公开表明自己向国际市场进军的坚定态度，并专门成立了一个公司，负责国际市场的开发。

伍德鲁夫希望自己做一个开创者，而不只是沿着别人老路走下去的继承者。

1941 年，日本奇袭珍珠港后，美国参加了第二次世界大战。紧张的战事影响了民用经济发展。可口可乐的经营陷入困境。国内的销售情况不佳，国外的销路更是一筹莫展。这使伍德鲁夫焦虑万分，以至胃病复发。

正在“内外交困”的时候，来了一位“救星”——班塞，他是伍德鲁夫的老同学，在麦克阿瑟部下当上校参谋，临时从菲律宾战区回国述职。班塞在同国防部紧张的接洽公事之际，抽空给伍德鲁夫打来了电话。伍德鲁夫说：“难得你还想着我啊?”“我不是想你，我是天天在想你的可口可乐!”

班塞豪爽地大笑道：“好长时间没喝上你那个深红色的‘头疼药’了，在菲律宾热得要命的丛林中，真想喝呵！一下飞机，我就先喝了两大瓶。可惜我不是骆驼，不然真想灌上一肚子带回去慢慢消化。”

班塞的一席话，使伍德鲁夫心中豁然一亮：如果前线的将士都能喝到可口可乐，那么当地的人自然也可以喝到这种饮料，这样销路还用发愁吗？伍德鲁夫憧憬着、思考着、计划着，兴奋得坐立不安。他下决心抓住这个千载难逢的好机会。

伍德鲁夫立刻赶往华盛顿，去找美国国防部的官员商洽。但是，五角大楼的官员对这个问题连想也没想过。他们不相信伍德鲁夫所说的可口可乐能“鼓舞士气”，“调剂前线将士的艰苦生活”。

乘兴而来，扫兴而归。伍德鲁夫得到的回答是“研究研究”。但是，可口可乐公司的困境已无法等待国防部的研究结果了。因为内销减少，外销无门，1/3

的生产已停顿，再拖下去非关门不可。等待不如主动进攻。伍德鲁夫横下一条心，决定开展一场宣传攻势：公开宣传可口可乐对前线将士的重要不亚于枪弹。他相信，只要舆论界动起来，五角大楼也会坐不住的。

公司三名一流的宣传人员起草的一份宣传提纲，伍德鲁夫看后很不满意地给退了回去。命令他们用满腔热情的语言，重新写过。他说："一定要把可口可乐与前方将士的战地生活紧紧联系起来，还要写清饮料对胜利的影响。公司的成败在此一举，各位要用尽全力，使宣传动人，一举成功。"

三个"刀笔吏"的确文思敏捷，不负所望，洋洋洒洒写了5万余言，配上精选的照片，编了一套图文并茂的"前方来信"、"士兵心愿"的小册子。伍德鲁夫亲自伏案修改，浓缩成2万字。随即用彩色印刷，取名为《完成最艰苦的战斗任务与休息的重要性》。

小册子强调指出：在紧张的战斗中，应尽可能调剂战士的生活。当一个战士在完成任务后，精疲力竭，口干舌燥，喝一瓶清凉的可口可乐，该是何等惬意啊！伍德鲁夫改写的那段文字更是形象："各位可以闭上眼睛想想看，在烈日当空、挥汗如雨的环境中执行作战任务，喉咙干得像着了火。战士们最向往、最需要的是什么东西？不用说，这当然是他们以前经常喝的，清凉如冰的可口可乐。”

小册子的结论是：“由于在战场上出生入死的战士们的需要，可口可乐对他们已不仅是消闲饮料，而是生活必需品了，与枪炮弹药同等重要。”伍德鲁夫的这一“宣传战”居然打响了，在记者招待会上，博得了国会评论员、军人家属，还有国防部官员们的阵阵掌声。

国防部的官员不但同意把可口可乐列为军需用品，还支持在军队驻地办饮料生产厂。这时，伍德鲁夫反而提出战地建厂，投资风险太大，也需要“研究研究”，实际上是不肯自己出钱。

由于宣传的作用，前方将士早已迫不及待地等着喝可口可乐，其反应之强烈，使国防部官员欲罢不能了。最后国防部公开宣布：“不论在世界任何一个角落，凡是有美军驻扎的地方，务必使每一个战士都能以 5 美分喝到一瓶可口可乐。这一供应计划需要的全部设备与经费，国防部将给予全力支持。”

在五角大楼雄厚财力的支持下，可口可乐公司在 1941 年后的不到 3 年内，就向海外输出了 64 家生产加工厂。到大战结束时，可口可乐作为“军需用品”的消费量，已达到 50 亿瓶左右。

由于伍德鲁夫使用围魏救赵之计，给五角大楼施压，从而使可口可乐在各种消费品的经营十分困难的战争期间生产不仅没有受到影响，反而大大发展了。而且，广泛地开辟了国际市场，为战后的新发展奠定了坚实基础。可口可乐的名字很快传遍了世界。

永利夺回中国市场

第一次世界大战期间，西方各国纷纷忙于战争，输入我国的纯碱大幅度减少，中国市场纯碱的储存量从战前的315000吨下降到1916年的210000吨。一直从事盐业生产的民族资本家范旭东看准机会，积极奔走，于1918年成立了中国第一个制碱企业——永利制碱公司，填补了中国碱市场的空白。一战结束后，曾经一直独占中国碱市场的英国卜内门公司急忙重返中国市场，在这里却发现了新的竞争对手。尽管卜内门公司软硬兼施，都无法挤垮永利，甚至连将永利置于自己控制之下都不能做到，这使卜内门大为恼火。

经过一番准备，卜内门调来一大批纯碱，以原价40%的低价在中国市场上倾销，不惜血本，企图挤垮永利。

范旭东为此焦虑万分。他知道，永利和卜内门相比，实力悬殊。如果降价与卜内门竞争，不要多久，永利就会财枯力竭而垮台；如果不降价，产品卖不出去，资金收不回来，无法再生产，永利也名存实亡。新生的永利面对卜内门的低价攻势，举步维艰。

范旭东先生苦苦思索，寻觅对策，最后决定“东渡日本”，将产品销往岛国。当时日本工业较发达，是卜内门公司在远东的最大市场。欧战刚停，百废待兴，卜内门公司的产量有限，能运到远东来的碱为数不多。现在，为了对付永利，卜内门把大量的碱运到中国，日本的碱市场必然相对紧张，若趁机进入日本市场，必然奏效。于是，范旭东迅速与日本三井财团协商，委托三井在日本以低于卜内门的价格代销永利产的红三角牌纯碱。相当于卜内门在日本销量10%的红三角牌纯碱，宛如一支奇兵通过三井财团遍布全日本的庞大销售网，向卜内门在日本的碱市场发起了进攻。质量与卜内门相同，价格低廉的红三角牌纯碱很快在日本造成了碱市场的跌价，这一突变，使得卜内门措手不及，为了保住日本市场，卜内门不得不随之降价。

由于卜内门的碱在日本的销量远大于在中国的销量，这一跌价，使其元气大伤。卜内门权衡利弊，发现保住日本市场比在中国进攻永利要重要得多，最后不得不妥协。他们通过其驻华机构向永利表示愿意停止在中国市场上的碱价倾轧。希望永利在日本也相应停止行动。范旭东趁机提出，要求卜内门今后在中国市场上的碱价如有变动，必须事先征得永利的同意。卜内门无可奈何地同意了。

“永利”只有中国市场，失掉中国市场，“永利”唯有死路一条；卜内门公司依靠日本市场，日本市场撑不住，公司必然元气大伤。范旭东向日本捅了一把，卜内门自然要罢手。

商家始终欲追求更大利益，而不愿损失自身利益。自己的利益受损害时要弄清楚下手的是谁，找出对方要害，然后出手就不会徒劳无功。

胡开文墨店后来居上

芜湖胡开文墨店是旧中国徽墨四大名店之一。这家从安徽休宁“胡开文老店”分裂出来的“胡”字号墨店，靠一个“三不可”经营原则，即“祖法不可依，成规不可循，老店不可畏”，破字当头、锐意进取，成为传统老店的后起之秀而名扬全国。

胡开文墨店是由绩溪商人胡天柱 1872 年设立的。他取幸南京贡院内悬的“开天文运”匾额中“开文”二字为店号，在屯溪和要宁设“起首胡开文老店”，开场制烟，工制徽墨。

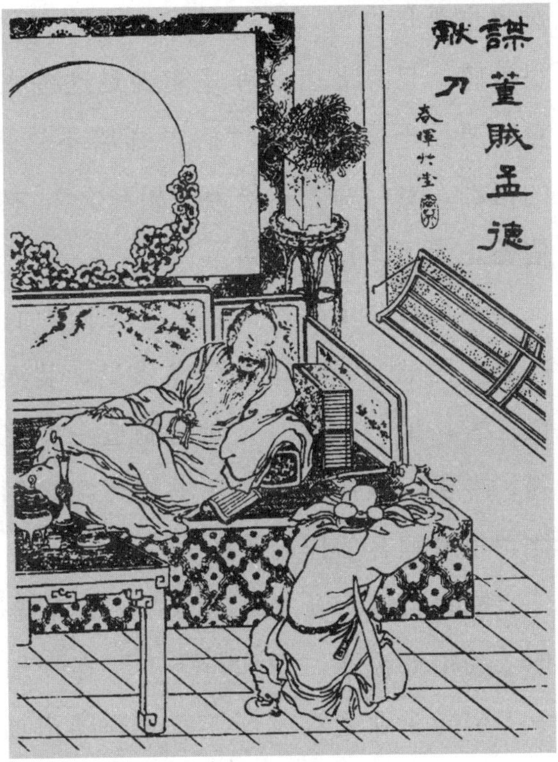

谋董贼孟德献刀

胡天柱设胡开文墨店时，为了防止别人抢走好生意，形成市场垄断，曾立下家规：后世设店者不得用胡开文招牌制墨，只许用“胡开运”字号，以示新老有别。然而他的后代中偏偏有几个不遵循这祖法家规者，六房曾孙胡贞益就是其中的一个。

胡贞益认为，制墨开店，旨在生利。加之“胡开文”店老名重，已闯出牌子，正应当扩大影响，提高知名度，又何必事半功倍，另起炉灶。因此，他抱定祖法不可依，不顾族人反对，毅然在芜湖另设胡开文墨店制墨。

要有销售，先开销路。胡贞益深知旧时墨的销售对象主要是官府、文人学子，这些文化人对名牌产品很敏感，只有老店名牌才能满足这些人求名求荣的消费需要。于是他不顾“后世开店不许用胡开文牌号”的祖训，专门命名本号为“胡开文”，树立店老货真的信誉，为生产打开销路。

胡贞益精于生产之道，一方面为满足文人学子对高级名墨的需求，讲究产品质量，装潢精致美观，古色古香；另一方面，又专门制造一些定价低下的普通墨，专供一般店家、居民书帐写字之用，以此廉价招徕，争取顾客信任，业务大展。

胡贞益经营开文墨店的一个宗旨就是陈规不可循。他认为市如流水，商如行云。要在变幻莫测的市场竞争中引导企业生存发展，就必须随市场需要之波，逐情变化之流。只有根据市场需求变化灵活调整产品结构，才能牢牢抓住市场；取得经营主动。那种墨守成规、守株待兔式的呆板经营，绝无营业发达之望。

政情即是商情。政治风云变幻往往会对市场发生深刻影响。因此，胡贞益做生意很留心政情变化，巧妙捕捉市场需求，灵活组织经销。辛亥革命以前，文化专制、科举取士、学在官计，学在官府，墨的销售对象主要是官府文章。加之口岸开放，芜湖属商埠之一，大量货物在此集散，市面转旺，一般商家算帐写牌对墨的需求也有提高。针对这种市场结构，他规定企业的产品结构是8∶2，即高级名墨占产量8成，普通墨占产量2成，主营高级名墨以供文人骚客需求。

辛亥革命以后，废科举而开发智，全国各地学校林立，这一变化对徽墨影响极大。废科举使封建士大夫风流云散，高级名墨需求锐减，兴学校对普通墨需求激增。有的店家不能适应这一变化而关门倒闭，胡开文则不同。他对市场结构变化，反应灵活，立即调整产品结构，把原来高级墨与普通墨的比例8∶2调整为3∶7，即普通墨占产量的7成，全力发展适应一般民众需要的普通墨。由于普通墨成本低、生产快、销路广，使企业在转变生产结构中抓住了有利商机，赚了不少钱。

胡开文墨店业务发达后，后来居上，对休宁总店有取而代之之势，引起休宁总店的不满。他们决定在芜湖胡开文店旁边专设门市，兄弟擂台，与之竞争。这一措施，祸起萧墙，新老两“胡开文”相悖于道，对芜湖胡开文墨店是严峻考验。胡贞益认为老店不可畏，他冷静分析形势，看到总店名重店老，规模大花色品种多，硬拼非为上策，便巧用筹思，避其锋芒，击其不备，采用“围魏救赵”的竞争策略，抢在总店在芜湖开设分店之先，发货到南京、汉口设立“利记”、“贞记”两个分店，抢先占领有利的销售阵地。当时南京是江苏会考之地，秦淮河畔文人骚客云集，是徽墨的极好市场。而汉口更是南北物产转汇之地。店设南京，汉口既可购采廉价原料，节省流通费用，又可进一步拓展市场，扭转芜湖市场的劣势，取得全局竞争的主动，这一竞争策略果然奏效，迫使总店言和，充分反映了胡开文墨店经营上的主动性。

围魏救赵讨欠款

西方某个国家有一个负责为别人讨回债款的公司——蒙特利讨债公司。这家公司不论在什么样的情况下，都能出色地完成讨债任务，因而经常是顾客盈门。这家公司的讨债方式，更是五花八门。

蒙特利讨债公司在帮助债权人讨债当中，并不像人们想象的那样，对债务人铁面无情，如果他们发现债务人确无还债能力时，会帮他们想办法，而且不要任何报酬。其实这也是蒙特利讨债公司的一种经营策略，帮助债权人讨回了欠款，一切报酬不也就在其中吗？

蒙特利讨债公司里有一位名叫亨利特的高级雇员，他以前在警察局里干过，很有一些办案经验，而且颇具正义感，遇到不平的事，他总要管一管。

1992 年 6 月，公司让他去帮弗雷斯游乐园收回一百万元欠款。

亨利特接受任务后，立即行动。他先把有关材料看了一遍，然后才去找债务人——阿贝尔多游艺场的老板。

亨利特来到游艺场，发现这里已经关了门。他费了半天劲，才找到了老板阿贝尔多的家。可是，他来晚了，阿贝尔多刚刚在家里自杀了，他的妻子麦丽昂和女儿，正守在他的尸体旁哭泣。

麦丽昂听说亨利特是讨债公司的，立刻低下头说："对不起，阿贝尔多自杀了，留下我们母女二人，我们实在没钱还债。"

亨利特说："我看了有关你们的一些材料，我不明白，你丈夫开的游艺场，开始生意不是挺红火吗？怎么后来竟会倒闭？"

麦丽昂眼里忽然流出泪水，说："是的，开始生意不错，可是后……"她看了一眼自己的女儿，摇了摇头，没有再往下说。

亨利特这时才发现，阿贝尔多的女儿长得十分美丽。他忽然感到，一定是有什么意想不到的灾难降临到这个家里，所以才逼迫得阿贝尔多自杀。亨利特请求麦丽昂把话说下去。

麦丽昂告诉亨利特，当地的烟草大王古斯曼看中了她的女儿，非要娶她为妻不可。可是，古斯曼已经是个六十岁的老人了，而且听说，他和地方上的黑社会有勾结，因此，她和丈夫都不同意。

没想到，这下竟得罪了这个老色鬼，他指使一帮歹徒，三天两头到游艺场乱打一通，吓得谁还敢去?就这样，游艺场倒闭了。亨利特听完，气得紧握拳头，心中暗说：古斯曼，我决饶不了你！他安慰母女二人，不要着急，债款的事，他会帮他们想办法。

麦丽昂听了，只是苦笑笑。她以为亨利特这样说，只是为了安慰她们母女，因为，这笔债款可不是个小数目。

亨利特找到旧日警察局里的朋友，请他们帮忙提供有关古斯曼的材料。亨利特知道，凡是这样的人，他们的材料都会掌握在警察手里。

朋友们给了亨利特很大帮助，他们告诉他，古斯曼不仅和黑社会有联系，而且还有走私毒品嫌疑，很长时间了，警方一直在找寻他的罪证，可是一直也没有发现。不过，有一个人很值得注意，就是古斯曼的私人秘书斯耐特，警方怀疑他在毒品交易中担任着一个重要的角色。

得到这些材料后，亨利特心里十分高兴。他决定跟踪斯耐特，摸清他们的底细。

亨利特利用当警察时学到的一些侦察手段，把一枚微型窃听器，趁斯耐特到海滨游泳时，巧妙地安装在他的鞋跟里。

掌握了这些可靠证据后，亨利特找到古斯曼，让他包赔阿贝尔多游艺场的全部损失，不然，他就把录相带交给警方。亨利特同时警告古斯曼，不要耍花招，他今天带来的录相带只是一个复制品，如果他出了事，原带就会落到警方手中。

古斯曼知道自己遇到了一个强有力的对手，为了保证自己不进监狱，他只得交出一大笔钱给阿贝尔多的夫人麦丽昂。麦丽昂用这笔钱不仅还清了所有欠款，而且还使游艺场重新开张。

后来，麦丽昂的女儿嫁给了亨利特。有的朋友说，亨利特当初帮助麦丽昂母女，是因为看中了人家的女儿。对此，亨利特只是笑笑，并不反驳。

不管亨利特当初是否有那种动机，可是他最终帮助麦丽昂母女还清欠款这件事，是否可是算做“围魏救赵”的好典范呢？

买主巧购高价位住宅

台湾某市某户全家移民国外，欲出售所居住的高价位住宅，卖方要价 2300 万元台市，托与房地产中介公司代理。

该公司业务员接下本案后，积极地策划广告，宣传其所处的优越的地理位置、房间布局的合理性及其配套设施的全面与完善，很快将房子推展到了市场上。

两周后，出现了一位买主。参观完本所住宅的里里外外，对各方面的条件甚是满意，但只出价 2000 万元台币，这与卖主的底价相比尚差 300 万元台币。

业务员无奈，只有回头找屋主议价。经过 3 天的商议、协调，屋主终于同意售价降为 2100 万元台币，但声明不再降价，否则立即解除合约。

售价 2100 万元台币与买价 2000 万元台币相比，仍有 100 万元台币价差。鉴于卖方态度坚决，为了促成这项交易，业务员只好硬着头皮再回头找买方协调。费尽口舌，买方态度缓和，做出让步，同意再加价 50 万元台市，即总价 2050 万元台币。同时，为了表示自己购房的决心与诚意，还当场付了 100 万元台币的斡旋金。

发矫诏诸镇应曹公

无巧不成书，就在交付斡旋金的当晚，买方又找来业务员，告诉他说：“一个月我在别处看过另一栋房子，论各方面条件，都比我现在看好的这所房屋称心如意，只因为当时屋主不肯降价，几次交涉谈判未能成功，我只好放弃了，可谁知事情已过去这么久了，我差不多已把这件事忘掉了，就在一个钟头前，那家中介公司突然打电话来告诉我，屋主愿意依我的价格出售，可我今天已在第二户下付了斡旋金，若房主仍不肯降价，固执己见，我衷心地希望您能退回这100万元台币。”

这突如其来的事情，可难倒了业务员，对中介者而言，基本上只是个中介性的角色，并无退款与否的决定权，除非屋主同意或屋主接受买方的价钱后，买方又反悔不准备买房，才能将其预交的斡旋金进行没收。而就眼前面临的情况是：一方言明不再降价，而另一方则声称打死也不可能再加价，中介者处在夹缝中，真是左右为难。解决问题的惟一办法是，尽快把信息传给屋主，由屋主自行决定。

屋主听到消息后，也犯了难。既然买主更中意前一户房子，就有可能反悔，若我答应他的要求却反遭对方拒绝，我就有权没收他的斡旋金，这样就等于本钱下降了100万元台币，以后再怎么卖都是赚。但赚这100万元台币的前提是必须接受买方的价格——2050万元台币，即需在原售价基础上再降价50万元台币；若不愿意降价50万元台币，在目前经济不景气、房地产市场持续低迷、交易不大活跃的状态下，错失了这笔买卖，新买主不知何时再现，也不知是否还会有人肯出2050万元台币的价钱，最重要的是现在是买方市场呀！

因事出突然，卖方左思右想，总想不出一个妥善的办法，而买方又以“前屋屋主催问甚急”为由不断来电要求中介早早回话，否则应立即退回斡旋金。局面就这样陷于僵局之中。

经过几十分钟的“深思熟虑”，屋主终于赌博性地同意以买方价格出售，若买方拒绝，则可顺理成章地将这100万元台币“纳入私囊”。

中介人把这一决定转告买方，买方表面上装出一副无可奈何的样子，申辩着：我其实比较喜欢的还是前屋，但后屋的卖方又同意了自己的开价，如果不接受这项交易，将立刻损失掉100万元台币。

经过中介人在中间不断地周旋，买卖双方终于勉强成交，达成协议。

就本案高价位住宅成交的整个过程来看，似乎“水到渠成”，其实是买方运用“围魏救赵”的谈判策略延伸出来的高明杀价手法，以100万元台币斡旋金为诱饵，又以“前屋”之事相威胁，使对方陷入进退维谷的局面，最终，落入买方所设的圈套，实现了买方削价的最终目的。

指左趋右巧谈判

1993年8月，我国某进出口公司从国外进口200万吨DW产品，我方考虑到该产品质优价廉，颇受消费者欢迎，各大厂家竞相订货，该公司通过经营该商品也获利颇丰，尽管由于对方延期交货使该公司失去几次展销良机，蒙受了一定量的经济损失，但为了双方长久友好的贸易往来，并未对外商提出制裁。

此后不久，DW产品在国内供不应求，该公司准备进一步同外商洽谈重复进口该产品事宜。为给国家节约外汇资金，同时也为了降低进口商品的采购成本，提高公司的盈利水平，该公司欲向对方提出降低价格10％的要求。他们当然知道，在国际市场未发生变化的情况下，若在双方谈判一开始就提出该要求肯定会遭到对方拒绝，对方断难接受，而这就必须采用一定的谈判技巧，迫使其就范。

于是，我方经过研究，找到了问题的突破口，设计了一套颇为周密的谈判方案。谈判伊始，我方就在上次那200万吨货物延期交货一事上大作文章。我方说："由于你们上次延期交货，使我方失去了几次展销良机，从而导致我方遭受了重大的经济损失。"对方听罢，以为我方会提出索赔要求，自然心慌意乱，忙不迭地对延期交货问题加以解释，表示歉意，尔后便诚惶诚恐地、心神不安地等着我方的反应，看看时机已成熟，我方趁机提出削价的要求，明确指出希望上次延期交易的损失能通过这次减价10％来弥补，对方无奈，只好表示同意。

于是，我方又乘胜追击，提出由原来的预定的

200 万吨增加到 500 万吨，对方最终不得不在合同上签字，谈判圆满成功。

老练的谈判者在谈判中常常避免就自己真正关心的问题进行强攻，而是指左趋右，绕道迂回前进，使对方顾此失彼，首尾不能相接，最终不得不妥协。我方谈判者正是巧妙地运用了“围魏救赵”之计，使谈判一举成功，达到了预期的目的。

“围魏救赵”的“围”是手段，“救”才是目的，要达到“救”的目的，就要分散对方注意力。商业谈判中，成功地运用此计，既要注意积蓄力量，等待时机，又得讲究“阴功吹火”，确实搔在对方的“痒处”，避免“明火执仗”，过早地暴露自己。

霍英东首创“炒楼花”

1954 年，霍英东创办了“立信建筑置业有限公司”，在香港铜锣湾买下了第一幢大厦，开始进入他事业的全新时代。

1967 年，轰动香港的政治运动正如火如荼，地产市价急剧下跌，而霍英东恰恰相反在此时建立了星光行大厦，白白损失了 3000 万港元。

失败使霍英东饱尝了痛苦，痛苦又磨练了他的意志。在如何经营的问题上，霍英东的创新意识发挥了作用。

他通过精心观察分析发现，当时只是有钱阶层才能够购置物业。如果要买一幢楼，就必须预先准备几十万元的现金一次付清。这种一手交钱一手接房的交易对于买卖双方来都是一件苦事。

经过不断探讨，霍英东领悟到只有最大限度地扩大购买对象，房地产业才能普及并发展起来。于是，霍英东发明了楼宇预售的办法。顾客只要预先交付10％的现金，就可购得即将兴建的可供出售或出租的楼宇。也就是说，买一幢10万港元的楼宇只需准备1万元现金就可以买得居住权，9万元和利息按合同以后分期付款偿还。

对房地产商来说，以前只能建造一座楼宇，现在用同样的资金加上预收的款项，在建筑工价是售楼价1/3的情况下，就可以兴建4座楼宇。

而对购屋者来说，则有更大的诱惑力。你可以先付一笔钱，待到楼宇建成，房价上涨，转手倒卖，也是白花花的银子。这就是香港盛行的“炒楼花”。

楼花的发明，使一般市民也有机会买楼住了。用霍英东自己的话说：“今天，一个佣人可以拥有一层楼，她只需先付一小笔钱。”

霍英东这种大胆的创举扩大了购买范围，使房地产生意越做越活，资金运转加快，效益日增。很快，其他房地产商竞相仿效。

霍英东在充分调查的基础上寻找市场的可乘之机，利用“围魏救赵”的方式，只是变换一下卖房的付款方式，从而扩大了购买范围，使房地产生意变得火爆起来的霍英东，也因此成为香港房地产业新巨头，跻身于亿万富翁的行列。

围魏救赵击敌之短

《孙子兵法·虚实篇》中说：“夫兵形像水，水之形，避高而趋下；兵之形，避实而击虚。”意思是：用兵规律像水的流动，水流动的规律是避开高处而流向低处；用兵的规律是避开敌人的坚实之处而攻击其虚弱的地方。

战场上如此，商场上亦如此。商战中的各方往往会各有所长，各有所短。即使在实力上劣于对手的情况下，只要能够充分发挥自己的优势，并且针对对手的弱点，巧做文章，使自己的经营更具有特色。比如在产品造型，功能或质量上有所改革创新，或避实击虚，善于钻市场的空档，也能使企业经营取得成功。

在这方面，河南平顶山棉纺厂运用得很成功，并总结出钻空档要准、早、快的经验。平顶山棉纺厂是一个5000余人的大企业，建厂时就背负一座沉重的债山。国家没投一分钱，全靠个人集资和银行贷款，债务高达4900万元，平均每人近万元。90年代第一个阳春三月，商品市场还飘浮着一团团滞销的阴云，然而在平顶山棉纺厂却呈现出产品供不应求的喜人局面。奥秘何在？就是紧盯市场空档，用热门产品吸引用户，搞活资金。如何钻空档？他们在实践中总结出三个字：准、早、快。短短6年时间，平顶山棉纺厂先后上过19个棉纱品种和9个坯布品种，每个品种钻的都是市场空档，每个品种都适销对路，取得了显著的经济效益。6年回收资金8133万元，回收率高达171%，等于赚回了1.71个同样的厂。经济效益在全省14个大中型棉纺企业中名列前茅。

又如，与同行业竞争对手较量，我有余力而对手不足，我实彼虚，即可以我之实击彼之虚，以我之有余击对手之不足。实力雄厚的大厂也有缺点，瞄准它开发新产品就能取胜。日本的石桥正二郎开始做丫巴鞋时，怎么也赶不上大厂家。于是，他着手寻找对手的主要虚弱之点作为突破口。结果发现他们生产的鞋，冬天穿时潮气从侧面渗入鞋内，寒气彻骨。于是，他在鞋下部侧面涂上了3厘米宽的一层橡胶，有效地防止了潮气渗透。该鞋以不冻脚的声名获得巨大成功。

可见，“击竞争对手短处之虚”是现代商战中常用的手法。如中国航空技术进出口公司在中东发展中国家，参加国际工程投标竞争中，以“守约、高质、薄利、重义”为指导原则，一举获得成功，顺利进入国际建筑市场。他们成功的窍门在哪里？“进而不可御者，冲其虚也。”他们以我国劳务企业劳动力价格低廉，施工成本低及社会主义企业计划经济优势，辅之以友好的报价，因而连续中标，“仗”越打越大。

总而言之，用兵之道是，水趋下则流，兵击虚则利；商战之道是，路走空处则顺，货卖缺处则畅。这就是“魏围救赵”之计的巧妙运用。

吉列公司抢市场

如果一个公司能够不断地把顾客所需要的新产品推向市场，那么这个公司的发展壮大必将势不可挡。亨利·福特创建了世界第二大汽车公司，并被授予“汽车大王”的称号，是因为他制造出了汽车；企业家兼发明家爱迪生是19世纪末美国最著名的人物之一，他在国外的声望只有更早年代的经验丰富的英才——

本杰明·富兰克林才能匹敌——这就是因为他向世人提供了上千种人类正需要的新产品。可以说，没有哪一种经营方式会比开发新产品更能带来效益了。而作出开发新产品的决策，对于一个正处于发展之中的公司来说，无疑是在将公司推向事业的巅峰。

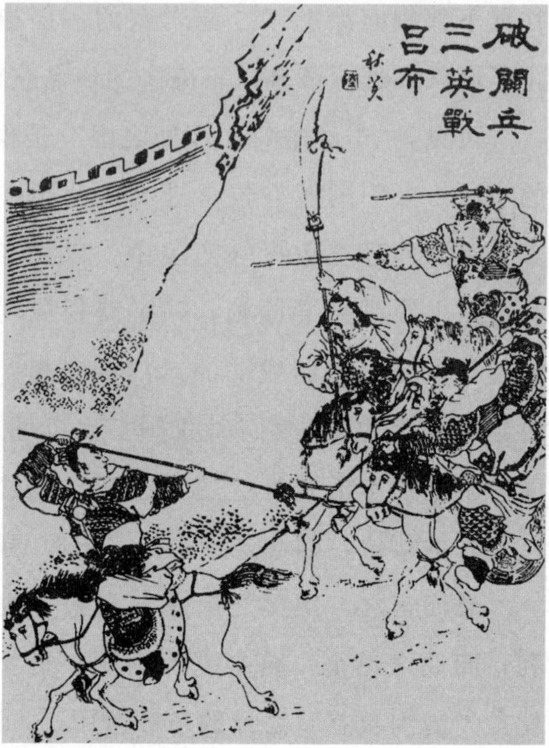

破关兵三英战吕布

“掌握全世界男人的胡子”的吉列保安剃刀公司，在美国市场占有率高达 90%，投资报酬率也达 40%，居美国大企业之首；1968 年，吉列剃须片创下了销售 1110 亿枚“天文数字”的历史记录。据统计，全世界有 10 亿人使用吉列产品，销售吉列产品的商店，有 1000 万家以上。吉列公司之所以能创下如此业绩，主要就在于公司的创始人金·吉列的英明决策：开发出人们正迫切需要的产品。

金·吉列曾是一家小公司的推销员。这家公司的老板在和吉列聊天时说，如果能开发出一种“用完即扔”的产品，顾客就会不断地购买，这样就可以发财致富了。这句话使吉列大受启发。于是，他就循着这样的思路进行市场调查。

一天早上，当吉列刮胡子的时候，由于刀磨得不好，不仅刮起来费劲，而且还在脸上划了几道口子。懊丧的吉列眼盯着剃刀，突然产生了创造新型剃须刀的灵感。于是他对周围的男性进行调查，发现他们都希望能有一种新型的剃须刀，基本要求包括安全、保险、使用方便、刀片随时可换。

于是吉列便开始了他开发剃须刀的行动。由于没能冲破传统习惯的束缚，新发明的基本构造总是摆脱不掉老式长把剃须刀的局限，尽管他一次又一次地改进设计，其结果却总不能令他满意。几年过去了，吉列仍是空怀雄心，希望渺茫。一天，他望着一片刚收割完的田地，看到一个农民正轻松自如地挥动着耙子修整田地。一个崭新的思路出现了：新剃须刀的基本构造应该同这耙子一样，简单、方便、运用自如。苦苦钻研了8年的吉列终于成功了。

吉列决定自己来成批生产新式剃刀。1903 年，他创建了吉列保安剃须刀公司，开始批量生产新发明的剃须刀片和刀架。不难想像，为乱糟糟的胡子所困扰的人们对这种新剃须刀是多么的欢迎，吉列保安剃须刀很快就占领了整个美国的市场，并且迅速向全世界扩展。

吉列公司并未就此止步，因为在世界经营剃须刀片的企业日益增多，竞争日益激烈的情况下，为了保持自己的优势地位，就必须坚持产品创新决策。于是吉列公司于 1959 年推出了新产品——超级蓝色刀片，称为蓝色吉列，深受消费者的欢迎，连续创造了吉列公司历史上的新记录。

但是，面对世界各国同行业的激烈竞争，吉列想一统天下却非易事。意大利不锈钢刀片研制成功并投放市场，给了吉列公司一个沉重的打击，使他们措手不及。吉列公司在意大利的一统市场一下子被不锈钢刀片抢走了 80% 以上。随后不锈钢刀片迅速进入美国。吉列公司因拿不出和不锈钢刀片相抗衡的新产品而节节败退。面对严峻的竞争，吉列公司并未因此而惊惶失措，而是凭借自己雄厚的实力，继续坚持新产品开发决策，迅速组织技术力量，投入大量资金全力开发研制不锈钢刀片。1963 年 9 月，吉利公司把自己的新产品——吉列不锈钢刀片投放市场，与意大利刀片抗衡。两年后，吉列公司又推出第二代超级吉列不锈钢刀片，并且以新产品为依托，采取大规模广告宣传和降低价格策略，不久就把意大利刀片赶出了美国市场。

随着社会经济的发展和科学技术的进步，1960年以后电动剃须刀问世，形成对吉列剃须刀的威胁。吉列公司采取的对策仍是开发研制新产品，他们研制的“双排刃保安剃须刀”在安全耐用、干净和价格等方面，具有电动剃须刀不可比拟的优越性，足以和电动剃须刀相抗衡。由此可见，新产品开发决策是吉列公司在市场上立于不败之地的有力保障。

对于一个企业来说，要想持续存在和兴旺发达，就必须适应变化而实行自我变革；对企业领导者来说，更应该具备一种应变能力，以便及时作出创新决策。只有采用“围魏救赵”之计开发出新产品，才可能使企业的竞争能力直线上升，才可能重新占据甚至扩大市场。

南化公司巧妙脱困

南京化学工业公司是全国重点大型化工企业，

1934年由著名的爱国实业家范旭东先生创办，现有职工3万余人，工程技术人员3千余名，拥有雄厚的设计开发，科研生产，化机制造和建筑安装实力。市场开放后，企业之间的竞争激烈，斗争加剧，南化公司用“围魏救赵”之计解除了几次燃眉之急。

南京有一化工厂与南化公司互有供应关系。该厂供应南化公司盐酸液碱，南化公司供应该厂硫酸、硝酸。

但在1986、1987两年，由于南化公司的硫酸、硝酸生产情况不好，对方就给南化公司施加压力，停止供应盐酸液碱，使南化公司生产受到严重影响，威胁很大。

南化公司针对这种情况，多次上门解释。请求谅解，但没有结果。

于是，南化公司无奈之际，决定“攻其弱点”，自己组织了盐酸液碱800吨，以满足生产急需，同时停止供应该厂硫酸、硝酸。

此计一出，果然奏效。该化工厂立即登门，三番五次地道歉，表示继续合作，不会再发生此类事情。

再如，有一个煤商供应南化公司烟煤，但长期以来，可以说是年年欠交、拖交。南化公司派员长驻坐催，甚至领导干部去亲自拜访、求援，都无济于事。

但该矿有一点要依赖南化公司，即采用南化的硝铵爆破，开采煤炭。抓住这一点，南化公司决定以对方交煤炭的水平来安排硝铵发货，互为条件。这一下，立即引起了该矿的重视，不得不按煤炭合同交货。

今天的南化人，使用“围魏救赵”之计，解决了实际困难，而南化公司的创始人范旭东先生早在 20 年代，也巧施“围魏救赵”妙计，并且技高一筹。

洛克菲勒侧面进攻

美国石油大王洛克菲勒在他还是一介小民的时候，就运用过侧面进攻的经营之策。

当时美国发现了石油，许多资金实力雄厚的大投资者蜂拥而至，忙于开采石油。但洛克菲勒的当时资金有限，无力与众多大投资者竞争石油开采。

洛克菲勒于是让开正面，远远地避开石油开采地，占领了原油的“下游工程”——石油精炼。

这个异乎寻常的决定甚至使他的合伙人离他而去。然而，结果证明洛克菲勒的决策是正确的。

原油开采出来后，众多的原油开采行业与独此一家的石油工业合作，使洛克菲勒一方形成了占绝对优势的买方市场，洛克菲勒一举瓦解了由众多大投资者组成的石油开采大联盟，垄断了美国石油市场。

洛克菲勒侧面进攻方法就是“围魏救赵”之计巧妙地运用。

西治会社创出新天地

二战后，日本经济十分艰难、百业待兴。一个只有30多人的小公司，叫西治会社。其主要产品是雨衣、游泳衣、卫生带等橡胶制品。由于受国货的冲击、生意不好、销路不畅，订货很少，路越走越窄。不甘失败的董事长多川博，苦想冥思，多方找活路。一天，他在闲翻报纸，一篇关于日本全国每年有多达250万个婴儿出生的消息，使他的脑子一转：如果每个婴儿每年用两块尿布，全国每年就要耗用500万块，每个婴儿4块，就是1000万块。这将是一个规模广阔的尿布市场。尿布虽小，但关系到千家万户，是消费者不可缺少的商品，只要下决心把它经营好，就有出路。在经过一番仔细的调查分析后，多川博果断地放弃了其他产品的生产，使西治会社转变成了一个专门从事尿布生产的专业化公司，几十年过去了，西治会社大展鸿图，已经发展成为一家拥有700多位职工的中型公司，它生产的尿布数量占日本全国总产量的70%，并销到海外的70多个国家和地区，成为名副其实的世界“尿布大王”。

这个事例，我们首先得到的启示是“三百六十行、行行出状元”，人们也许根本想不到，婴儿使用的尿布，会是一本万利的大买卖，一年的营业额能达到70亿日元以上。

多川博能够及时地发现婴儿出生的消息，并果断地由橡胶制品转产尿布。如果不是采用这种避实击虚的“围魏救赵”之计，他就早已破产，根本成不了什么尿布大王。

第三计　借刀杀人

【原文】

敌已明，友未定，引友杀敌，不自出力。以《损[1]》推演。

【注释】

①损：《易》卦名，兑下艮上。卦中说："象曰：山下有泽，损。"孔颖达疏："泽在山下，泽卑山高，似泽之自损以崇山之象也。"损，减损。此卦主要讲的是损下益上的道理。句意为：以《易·损》卦可推演出"借刀杀人"的原理。

【译文】

敌人已经明确，而盟军的态度还不稳定，要诱导盟军去消灭敌人，避免消耗自己的力量。这是从《损卦》卦人的逻辑推演出来的。

【按】敌象已露，而另一势力更张，将有所为便应借此力以毁敌人。如：郑桓公将欲袭郐，先向郐之豪杰、良臣、辨智、果敢之士，尽书姓名，择郐之良田赂之，为官爵之名而书之，因为设坛场郭门之处而埋之，衅之以鸡豭，若盟状。郐君以为内难也，而尽杀其良臣、桓公袭郐，遂取之。（《韩非子·内储说下》）。诸葛亮之和吴拒魏，及关羽围樊、襄，曹欲徙都，懿及蒋济说曹曰："刘备、孙权外亲内疏，关羽得志，权心不愿也，可遣人蹑其后，许割江南以封权，则樊围自释。"曹从之，羽遂见擒（《长短经》卷九《格形》）。

【译文】

打击的目标已经显露出来，而另一种势力又有所扩张，且将有所行动，这时便应借此势力，摧毁敌人。比如，郑桓公将要攻打郐国，先列出了郐国的豪杰、良臣、辩智、英勇果敢之士的名单，公开张贴布告，说要选择郐国的良田赠送给他们，封给他们各种名称的官爵，并在城郊设起祭坛，把名单埋在地下，用公鸡、公猪作祭品，装作盟誓的样子。郐国国君以为国内这些豪杰、良臣要勾结郑国作乱，便按照以上公布的名单把他们一个个杀掉了。桓公看到郐国豪杰、良臣都已除尽，便马上攻打郐国，并占领了郐国。（见

《韩非子·内储说下》）诸葛亮与吴国结盟，共拒魏国。当关羽围攻魏地襄阳、樊城时，曹操想迁都，司马懿及蒋济劝说曹操道："刘备、孙权表面上是亲戚，内心里却隔阂很深。关羽得志，孙权内心是不甘愿的，因此，可以派人跟随孙权身后作说客，答应割让江南的土地封给孙权，这样，樊城的包围就会自然解开。"曹操听从此计，关羽终于兵败麦城，束手被擒了（见《长短经》卷九《格形》）。

【计名探源】

本计内容在春秋战国的史书中多次可见，而"借刀杀人"一语，则见于明代戏剧《三祝记》"这所谓借刀杀人，又显得恩相以德报怨，此计如何"一语中。这出戏是写范仲淹的政敌企图让他担任军队统帅——环庆路经略招讨使，去平息西夏人李元昊，企图借西夏人的刀杀害范仲淹的故事。

【评语】

"借刀杀人"其义谓：自己不出面，利用或挑拨别人去害人。语出明代汪廷纳的《三祝记》《造陷》篇："恩相明日奏（范）仲淹为环庆路经略招讨使以平（赵）元昊，这所谓借刀杀人。"可见，其原义是用于人事关系方面。此语用于战争谋计方面，则指的是为了保存实力，而利用矛盾，借助别国力量去击破敌方的谋略。古代兵家认为，从军事观点来看，当敌我双方势均力敌之时，突然有一支新的强大部队，以第三者的态势出现，这必将是一个决定胜负的重要因素，所以必须想方设法加以利用。同样，当一个国家容许他的邻国，无限制地扩张势力，而不加以阻止和利用时，那么，它的衰落将相随而至。《兵法圆机》下卷《借》篇谓："古之言借者，外援四裔，内约与国，乞师以救助耳。惟对垒设谋，彼此互角而有借法，借法乃巧。盖艰于力，则借敌之力；不能诛，则借敌之刃；甚至无财，而借敌之财；无物，而借敌之物；鲜军将，而借敌之军将；不可智谋，而借敌之智谋。吾欲为者诱敌役，则敌力借矣；兵欲毙者诡敌歼，则敌刃借矣。抚其所有，则为借敌之财物；令彼自斗，则为借敌之军将；翻彼着为我着，因其计成吾计，则为借敌之智谋。不必亲行，坐有其事。己所难措，假手于人。敌为我资，而不见德。我驱之役，法令俱泯。甚且以敌借敌，借敌之借，使敌不知而终为我借，使敌既知而不得不为我借，则借法巧也。"所借于敌的，可谓多矣，"借刀"总其说而已。行借之时，要突显"智"、"巧"二字。

"借刀"须有条件，或陈以利害，或许以重利，而其关键在于善于利用矛盾。

古人认为，在敌对势力的征象已经显露，而另一股势力也在不断发展，并且将要发挥重大的作用时，就要果断地借助这股势力，去打败敌人。

【战例】

蔡侯借刀害息侯

春秋时期，息侯与蔡侯分别娶陈侯的两个女儿为妻。息侯的夫人妫氏长得十分艳丽，令姐夫蔡侯垂涎三尺。有一次，息夫人途经蔡国回娘家陈国，蔡侯大献殷勤，对小姨子动手动脚，吓得息夫人赶快离开了蔡国。

息夫人回到息国后，把蔡侯调戏自己的事情如实告诉给了息侯，息侯大怒，决心惩治蔡侯一番。

息国和蔡国虽然是连襟之国，但息侯臣服于南方的大国楚国，而蔡国与东方的大国齐国友好。息侯派了一个使者对楚王说："蔡侯自恃与齐国密切，不把大王看在眼里，还挑拨息国与大王的关系，大王何不惩罚蔡国一下？"楚王很生气，但担心齐国会出兵，使者献计道："我们息王与蔡侯是连襟，大王假意向我国用兵，蔡侯一定会来援救，到那时，我们联合一起，还怕蔡侯能飞上天去吗？”

三十六计之借刀杀人

楚王照着息国使者的计策用兵，果然将蔡侯活捉。蔡侯成为楚国的战俘，在楚营中，他发现息侯正在犒赏楚军，方才知道是中了连襟的诡计，被连襟出卖了。

楚王本想把蔡侯带回楚国，杀掉蔡侯，但大臣鬻拳力陈利害关系，劝说楚王放蔡侯回国。楚王醒悟过来，设宴给蔡侯压惊。酒宴上，楚王为炫耀自己，故意指着一位美丽绝伦的女子对蔡侯说：“这样漂亮的女子，天下能有几人！”蔡侯想起息侯陷害之仇，便说：“太微不足道了。大王如果见到息侯的夫人息妫，就再也不会想别的女人了。”

楚王放掉蔡侯，想起蔡侯的话，一刻也不得安宁。他想了个计策，借打猎为名，到了息国。息侯见楚王来临，赶紧把楚王请进城中，设宴款待楚王。楚王道："我为你兴师动众，擒住蔡侯，今日远道而来，请尊夫人为我斟杯贺酒如何？"

息侯大惊失色，但又不敢违抗，只好唤夫人出来给楚王斟酒。楚王见息夫人果然是国色天香，怦然心动。第二天假意请息侯饮酒，在酒桌上把息侯擒住，然后，率领亲随，进入宫中，寻找息妫。息妫慌忙逃入后园，企图投井而死，一名楚将奔上前，劝道："夫人一死不难，难道就不想保全息侯的生命吗？"息妫一听，泪下如雨，瘫倒在地。

楚王得到息妫，饶了息侯一死。

息侯引狼入室，自受其害。

晏平仲借桃杀三士

齐景公即位后，齐国的国力已极大地削弱了。外部，齐景公面对赵、燕等国的"蚕食"，束手无策；内部一些权臣不把国君放在眼中，特别是公孙捷、田开强、古冶子三人，他们都身壮如牛、力大无比，自恃有功，横行无忌。齐景公重用贤臣晏婴，力图使齐国得以振兴。

晏婴上任后，决心除掉公孙捷、田开强、古冶子三个“害群之马”，严肃国纪国法。公孙捷三人有一身奇勇，派人去抓，不成；派刺客行刺，也不成。晏婴想来想去，觉得惟一的办法还是用“计”。

晏平仲二桃杀三士

一天，齐景公设盛宴款待文武大臣。酒过三巡之后，文臣武将们都带了几分醉意，晏婴命令一名漂亮的侍女用大盘子端着两个硕大的桃子走到众人面前，传下话说：“谁能说明自己是天下最有名的勇士，谁就可以吃掉一枚桃子。”

公孙捷觉得这是表现自己的好时机，立刻站了起来，说：“我能接连和两只猛兽搏斗，把它们打死，像我这样的勇力，天下没有第二个，我是天下最有名的勇士，我可以吃掉一枚桃子！”说完，向四周看看，见无人反对，伸手拿走一枚桃子。

古冶子离开酒桌，站了起来，说："我曾经冒着生命危险，在黄河的惊涛骇浪中浮沉九里，斩妖龟之头，保护国君平安地渡过了黄河。当时，见到我的人都说我是河神，像我这样的勇力，难道称不上是天下最有名的勇士吗?"古冶子说完，也向四周看看，见无人反对，伸手拿走了剩下的一枚桃子。

田开强急了，他走到众人面前，愤慨地说："我在跟敌人的战争中，曾多次冲入敌阵，砍杀敌将，夺取战车和大纛。攻打徐国时，我俘虏500多人，逼迫徐国纳款投降，威震邻国，为国家立下汗马功劳。难道这么大的功劳还不能分到一枚桃子吗?"

晏婴急忙走出来，对齐景公说："田将军的功劳和勇气天下皆知，可惜桃子已没有了，可否请大王赐一杯美酒，待桃子再熟时，补赐给田将军如何?"

齐景公也对田开强说："田将军，算起来，你该是天下最有名的勇士，可惜你说得太迟。"

田开强怒火攻心，道："打虎杀龟，固然有勇有功，但我为国家立下如此赫赫战功，反而遭到冷落，为人耻笑，以后还有何面目见人!"说完，不容分说，拔剑自刎。

公孙捷见状，面红耳赤，道："我功劳不如田将军，反拿了桃子，致使田将军自刎，我还怎样活在世上！”说完，也拔剑自杀。

古冶子跳了起来，信誓旦旦地说：“我们三人是结拜兄弟，誓同生死，如今我也不能活了！”说完，也自刎而死。

齐景公见齐国一下子失去了三位勇士，心中有些惋惜，下令用士大夫之礼厚葬了这三个人。三个害群之马已除，晏婴就可以放开手脚，大胆地治理国家了。

伍子胥借吴兵报大仇

楚平王有个太子名叫建，平王派伍奢做太傅，费无忌任少傅。费无忌对太子建不忠实，日夜在平王面前说太子的坏话。伍奢知道费无忌在平王面前对太子进谗言，于是便说：“大王为什么因谗贼小人的话而疏远骨肉的关系呢？”费无忌说：“现在大王不制止，他的阴谋便要得逞了，大王将会被逮捕。”于是平王发怒，把伍奢囚禁起来。

费无忌对平王说：“伍奢有两个儿子，都很贤能，如不及时杀掉，对楚国将有后患。可以把他们的父亲作为人质，把他们召来。”平王派使者对伍奢说：“你能把你两个儿子叫来，就让你活命；如果叫不来便叫你死。”伍奢回答说：“长子伍尚为人仁慈，我叫他，一定会来。次子伍子胥为人刚暴忍辱，能完成大事业，他看到来了一并被捉，势必不来。”平王不听伍奢的话，派人去召伍奢的两个儿子，并说：“来了，我让你父亲活；不来，现在即杀伍奢。”伍尚想要前往，伍子胥便说：“楚王叫我们兄弟去，并不是想保全我们父亲的生命，恐怕杀了父亲后，我们兄弟有逃脱的，会留后患，因此拿父亲当人质，用欺骗手段叫我们二人前往。我们两个去了，就同父亲一块被处死。我们去了，对父亲的死有什么益处？真的前去了，反而使杀父之仇报不了！不如逃奔到其他国家，借别国的力量为父报仇雪耻；跟父亲一块儿死，没有意义。”伍尚说：“我知道去了也不能保全父亲的生命，但是，令人恨憾的

夫差杀伍子胥

是，父亲为保全性命叫我去，我不去，以后又不能报仇雪耻，终究被天下人所耻笑。”并对伍子胥说：“你可以逃走了，你能报杀父之仇，我将去投身就死。”伍尚已经被捕，使者又要逮捕伍子胥。伍子胥拉满了弓，装上箭，使者不敢前进，伍子胥便逃跑了。他听说太子建在宋国，就前往宋国跟随他。伍奢听说伍子胥逃跑了，便说：“楚国的君臣们将要被战争所苦恼了。”伍尚到了楚国，楚国就一块儿杀了伍奢和伍尚父子二人。

伍子胥已经到了宋国，正碰上宋国发生华氏作乱，他就与太子建共同逃到郑国。郑国人热情地接待了他们。太子建又到晋国，晋顷公对他说：“太子既然与郑国关系很好，郑国又相信太子。如果太子能当我的内应，而我从外面进攻郑国，一定能使郑国灭亡。灭了郑之后，我便加封太子。”太子又回到郑国，事情还未准备妥当，恰好太子因私事的缘故，想要杀死跟随他的侍者。侍者知道太子的阴谋，就向郑国报告了。郑定公与国相子产杀死了太子建。太子建有个儿子名叫胜。伍子胥害怕了，就与胜一同奔向吴国。到了昭关，昭关的守吏想要拘捕他们，伍子胥就与胜只身徒步逃跑，差一点儿未能脱身。追赶他们的人就在后面，来到江边，江边上有一个渔父乘着船，知道伍子胥急于逃跑，就把伍子胥渡过江。伍子胥已经过了江，就解下宝剑说：“此剑价值百金，我把它赠给您。”渔父说：“楚国的法令是能捕到伍子胥的，赐给粟五万石，封给执珪的官爵，又岂只仅仅值一百金的宝剑呢？”没有接受。伍子胥还未到吴国，在中途就病了。沿路乞讨。到了吴国，吴王僚正当权，公子光为大将。伍子胥便借与公子光的关系求见吴王。

等到吴国军队攻入楚国郢都，伍子胥搜寻昭王。没有找到，就挖掘楚平王的坟墓，拖出他的尸体，鞭打三百，然后罢手。

王敦借刀杀王棱

永嘉六年（312）冬，王如军中缺粮，敌不住晋军的进攻，王如走投无路，投降了王敦。王敦的堂弟王棱知道王如骁勇，很赏识他，请求王敦让王如做自己的部下，王敦说：“这种人阴险凶悍，难以驯服，你性情急躁，不肯宽容，弄不好会招致灾祸。”王棱执意请求，王敦答应了他。王棱对王如十分宠爱，让王如做自己的贴身侍卫，出入相随。王如好几次与王敦部将比试箭技，发生争执斗殴，王棱很生气，对他施加杖刑，王如深感羞辱，怀恨在心。建兴三年（315），王敦被任命为镇东大将军，加授都督江、扬、荆、湘、交、广六州诸军事，兼江州刺史，越发骄横不可一世，生出野心，王棱见状，常常苦口劝谏。王敦见他与自己离心离德，十分恼恨，暗中派人去见王如，挑拨离间，激怒王如，让他杀死王棱。过了几天，王如陪王棱喝酒，王如请求舞剑助兴，王棱不知是计，答应了他。王如舞剑时，渐渐逼近王棱，王棱很不高兴，厉声呵责他，王如直刺王棱，王棱应声倒在血泊中。王敦接到报告，假装大吃一惊，下令逮捕王如，并立即将他处死了。

刘备借刀除吕布

在三国时，吕布骁勇过人，但为人反复无常。吕布原为荆州刺史丁原的义子，后丁原与董卓交恶，董卓用一匹赤兔马将吕布收买，吕布杀了丁原，拜董卓为义父。

董卓入京之后，势力扩大，自称太师。后来王允等人巧用连环计，使董卓死在吕布之手。

在罗贯中的《三国演义》第十九回中，刘备巧用借刀杀人之计除掉了吕布。请见原文：

且说曹操得了徐州，心中大喜，商议起兵攻下邳。

程昱曰："布今止有下邳一城，若逼之太急，必死战而投袁术矣。布与术合，其势难攻。今可使能事者守住淮南径路，内防吕布，外当袁术。况今山东尚有臧霸、孙观之徒未曾归顺，防之亦不可忽也。"操曰："吾自当山东诸路。其淮南径路，请玄德当之。"玄德曰："丞相将令，安敢有违。"次日，玄德留糜竺、简雍在徐州，带孙乾、关、张引军驻守淮南径路。曹操自引兵攻下邳。

白门楼吕布殒命

且说吕布在下邳，自恃粮食足备，且有泗水之险，安心坐守，可保无虞。陈宫曰："今操兵方来，可乘其寨栅未定，以逸击劳，无不胜者。"布曰："吾方屡败，不可轻出。待其来攻而后击之，皆落泗水矣。"遂不听陈宫之言。过数日，曹兵下寨已定。操统众将至城下，大叫吕布答话，布上城而立，操谓布曰："闻奉先又欲结婚袁术，吾故领兵至此。夫术有反逆大罪，而公有讨董卓之功，今何自弃其前功而从逆贼耶？倘城池一破，悔之晚矣！若早来降，共扶王室，当不失封侯之位。"布曰："丞相且退，尚容商议。"陈宫在布侧大骂曹操奸贼，一箭射中其麾盖。操指宫恨曰："吾誓杀汝！"遂引兵攻城。

宫谓布曰："曹操远来，势不能久。将军可以步骑出屯于外，宫将余众闭守于内；操若攻将军，宫引兵击其背；若来攻城，将军为救于后，不过旬日，操军食尽，可一鼓而破；此乃掎角之势也。"布曰："公言极是。"遂归府收拾戎装。时方冬寒，吩咐从人多带棉衣，布妻严氏闻之，出问曰："君欲何往？"布告以陈宫之谋。严氏曰："君委全城，捐妻子，孤军远出，倘一旦有变，妾岂得为将军之妻乎？"布踌躇未决，三日不出。宫入见曰："操军四面围城，若不早出，必受其困。"布曰："吾思远出不如坚守。"宫曰："近闻操军粮少，遣人往许都去取，早晚将至。将军可引精兵往断其粮道。此计大妙。"布然其言，复入内对严氏说知此事。严氏泣曰："将军若出。陈宫、高顺安能坚守城池？倘有差失，悔无及矣！妾昔在长安，已为将军所弃，幸赖庞舒私藏妾身，再得与将军相聚；孰知今又弃妾而去乎？将军前程万里，请勿以妾为念！”言罢痛哭。布闻言愁闷不决，人告貂蝉。貂蝉曰：“将军与妾作主，勿轻身自出。”布曰：“汝无忧虑。吾有画戟、赤兔马，谁敢近我！”乃出谓陈宫曰：“操军粮至者，诈也。操多诡计，吾未敢动。”宫出，叹曰：“吾等死无葬身之地矣！”布于是终日不出，只同严氏、貂蝉饮酒解闷。

谋士许汜、王楷入见布，进计曰：“今袁术在淮南，声势大振。将军旧曾与彼约婚，今何不仍求之？彼兵若至，内外夹攻，操不难破也。布从其计，即日修书，就着二人前去。许汜曰：“须得一军引路冲出方好。”布令张辽、郝萌两个引兵一千，送出隘口。是夜二更，张辽在前，郝萌在后，保着许汜、王楷杀出城去。抹过玄德寨，众将追赶不及，已出隘口。郝萌将五百人，跟许汜、王楷而去。张辽引一半军回来，到隘口时，云长拦住。未及交锋，高顺引兵出城救应，接入城中去了。

且说许汜、王楷至寿春，拜见袁术，呈上书信。术曰：“前者杀吾使命，赖我婚姻！今又来相问，何也？”汜曰：“此为曹操奸计所误，愿明上详之。”术曰：“汝主不因曹兵困急，岂肯以女许我？”楷曰：“明上今不相救，恐唇亡齿寒，亦非明上之福也。”术曰：“奉先反复无信，可先送女，然后发兵。”许汜、王楷只得拜辞，和郝萌回来。到玄德寨边，汜曰：“日间不可过。夜半吾二人先行，郝将军断后。”商量停当。夜过玄德寨，许汜、王楷先过去了。郝萌正行之次，张飞出寨拦路。郝萌交马只一合。被张飞生擒过去，五百人马尽被杀散。张飞解郝萌来见玄德，玄德押往大寨见曹操。郝萌备说求救许婚一事。操大怒，斩郝萌于军门，使人传谕各寨，小心防守：如有走透吕布及彼军士者，依军法处治。各寨悚然。玄德回营，吩咐关、张曰：“我等正当淮南冲要之处。二弟切宜小心在意，勿犯曹公军令。”飞曰：“捉了一员贼将，操不见有甚褒赏，却反来唬吓，何也？”玄德曰：“非也。曹操统领多军，不以军令，可能服人？弟勿犯之。”关、张应诺而退。

却说许汜、王楷回见吕布，具言袁术先欲得妇，然后起兵救援。布曰：“如何送去？”汜曰：“今郝萌被获，操必知我情，预作准备。若非将军亲自护送，谁能突出重围？”布曰：“今日便送去，如何？”汜曰：“今日乃凶神值日，不可去。明日大利，宜用戌、亥时。”布命张辽、高顺：“引三千军马，安排小车一辆；我亲送至二百里外，却使你两个送去。”次夜二更时分，吕布将女以棉缠身，用甲包裹，负于背上，提戟上马。放开城门，布当先出城，张辽、高顺跟着。将次到玄德寨前，一声鼓响，关、张二人拦住去路，大叫："休走!"布无心恋战，只顾夺路而行。玄德自引一军杀来，两军混战。吕布虽勇，终是缚一女在身上，只恐有伤，不敢冲突重围。后面徐晃、许褚皆杀来，众军皆大叫曰："不要走了吕布!"布见军来太急，只得仍退入城。玄德收军，徐晃等各归寨，端的不曾走透一个。吕布回到城中，心中忧闷，只是饮酒。

却说曹操攻城，两月不下。忽报："河内太守张杨出兵东市，欲救吕布；部将杨丑杀之，欲将头献丞相，却被张杨心腹将眭固所杀，反投犬城去了。"操闻报，即遣史涣追斩眭固。因聚众将曰："张杨虽幸自灭，然北有袁绍之忧，东有表、绣之患，下邳久围不克，吾欲舍布还都，暂且息战，何如?"荀攸急止曰："不可。吕布屡败，锐气已堕，军以将为主，将衰则军无战心。彼陈宫虽有谋而迟。今布之气未复，宫之谋未定，作速攻之，布可擒也。"郭嘉曰："某有一计，下邳城可立破，胜于二十万师。"荀彧曰："莫非决沂、泗之水乎?"嘉笑曰："正是此意。"操大喜，即令军士决两河之水。曹兵皆居高原。坐视水淹下邳。下邳一城，只剩得东门无水；其余各门，都被水淹。众军飞报吕布。

布曰："吾有赤兔马，渡水如平地，又何惧哉！"乃日与妻妾痛饮美酒，因酒色过伤，形容消减；一日取镜自照，惊曰："吾被酒色伤矣！自今日始，当戒之。"遂下令城中，但有饮酒者皆斩。

却说侯成有马十五匹，被后槽人盗去，欲献与玄德。侯成知觉，追杀后槽人，将马夺回；诸将与侯成作贺。侯成酿得五六斛酒，欲与诸将会饮，恐吕布见罪，乃先以酒五瓶诣布府，禀曰："托将军虎威，追得失马。众将皆来作贺。酿得些酒，未敢擅饮，特先奉上微意。"布大怒曰："吾方禁酒，汝却酿酒会饮，莫非同谋伐我乎！"命推出斩之。宋宪、魏续等诸将俱人告饶。布曰："故犯吾令，理合斩首。今看众将面，且打一百！"众将又哀告，打了五十背花，然后放归。众将无不丧气。

宋宪、魏续至侯成家来探视，侯成泣曰："非公等则吾死矣！"宪曰："布只恋妻子，视吾等如草芥。"续曰："军围城下，水绕壕边，吾等死无日矣！"宪曰："布无仁无义，我等弃之而走，何如？"续曰："非丈夫也。不若擒布献曹公。"侯成曰："我因追马受责，而布所倚恃者，赤兔马也。汝二人果能献门擒布，吾当先盗马去见曹公。"三人商议定了。是夜侯成暗至马院，盗了那匹赤兔马，飞奔东门来。魏续便开门放出，却佯作追赶之状。侯成到曹操寨，献上马匹，备言宋宪、魏续插白旗为号，准备献门。曹操闻此信，便押榜数十张射入城去，其榜曰：

大将军曹，特奉明诏，征伐吕布。如有抗拒大军者，破城之日，满门诛戮。上至将校，下至庶民，有能擒吕布来献，或献其首级者，重加官赏。为此榜谕，各宜知悉。

次日平明，城外喊声震地。吕布大惊，提戟上城，各门点视，责骂魏续走透侯成，失了战马，欲待治罪。城下曹兵望见城上白旗，竭力攻城，布只得亲自抵敌。从平明直打到日中，曹兵稍退。布少憩门楼，不觉睡着在椅上。宋宪赶退左右，先盗其画戟，便与魏续一齐动手，将吕布绳缠索绑，紧紧缚住。布从睡梦中惊醒，急唤左右，却都被二人杀散，把白旗一招，曹兵齐至城下。魏续大叫："已生擒吕布矣!"夏侯渊尚未信。宋宪在城上掷下吕布画戟来，大开城门，曹兵一拥而入。高顺、张辽在西门，水围难出，为曹兵所擒。陈宫奔至南门，为徐晃所获。

曹操入城，即传令退了所决之水，出榜安民；一面与玄德同坐白门楼上。关、张侍立于侧，提过擒获之人来。吕布虽然长大，却被绳索捆作一团，布叫曰："缚太急，乞缓之!"操曰："缚虎不得不急。"布见侯成、魏续、宋宪皆立于侧，乃谓之曰："我待诸将不薄，汝等何忍背反？"宪曰："听妻妾言，不听将计，何谓不薄？"布默然。须臾，众拥高顺至。操问曰："汝有何言？"顺不答。操怒命斩之。徐晃解陈宫至。操曰："公台别来无恙！"宫曰："汝心术不正，吾故弃汝！"操曰："吾心不正，公又奈何独事吕布？"宫曰："布虽无谋，不似你诡诈奸险。"操曰："公自谓足智多谋，今竟何如？"宫顾吕布曰："恨此人不从吾言！若从吾言，未必被擒也。"操曰："今日之事当如何？"宫大声曰："今日有死而已！"操曰："公如是，奈公之老母妻子何？"宫曰："吾闻以孝治天下者，不害人之亲；施仁政于天下者，不绝人之祀。老母妻子之存亡，亦在于明公耳。吾身既被擒，请即就戮，并无挂念。"操有留恋之意。宫径步下楼，左右牵之不住。操起身泣而送之。宫并不回顾。操谓从者曰："即送公台老母妻子回许都养老。怠慢者斩。"宫闻言，亦不开口，伸颈就刑。众皆下泪。操以棺椁盛其尸，葬于许都。后人有诗叹之曰：

生死无二志，丈夫何壮哉！不从金石论，空负栋梁材。

辅主真堪敬，辞亲实可哀。白门身死日，谁肯似公台！

方操送宫下楼时，布告玄德曰：“公为坐上客，布为阶下囚，何不发一言而相宽乎？”玄德点头。及操上楼来，布叫曰：“明公所患，不过于布；布今已服矣。公为大将，布副之，天下不难定也。”操回顾玄德曰：“何如？”玄德答曰：“公不见丁建阳、董卓之事乎？”布目视玄德曰：“是儿最无信者！”操令牵下楼缢之。布回顾玄德曰：“大耳儿！不记辕门射戟时耶？”忽一人大叫曰：“吕布匹夫！死则死耳，何惧之有！”众视之，乃刀斧手拥张辽至。操令将吕布缢死，然后枭首。

刘备一句话，送了吕布的命，刘备为什么非要杀吕布呢？

原来，刘备是暂时栖身在曹营，心怀大计。曹操与吕布联合必给刘备未来的事业带来重大阻力。吕布英勇过人，武功盖世。先前，虎牢关一战，吕布一人独战刘备、关羽、张飞，且进退自如。如果他与曹操联合，天下哪有敌手呢？

王羲之计惩恶绅

王羲之四十来岁的时候曾任过临沂太守，后来他虽辞官归里，但他巧判的一个案子却在当地广为流传。

有一个后生叫唐兴，家住城东唐家湖，唐兴从小

破关兵三杰战吕布

丧母，全靠父亲把他拉扯大，五年前，老爹爹进山采石，不小心摔死在山涧里，唐兴想选择一块好地安葬父亲，以报养育之恩，无奈自家穷得无立锥之地，小唐兴为此哭得死去活来。有好心的乡亲对他说：“财主牛鲁家的祖坟前有一块空地，现在还在荒着，你不妨找牛大财主去说说，他今天正逢老母八十大寿，若看你可怜，念你一片孝心，也许施舍于你。”

唐兴没有别的办法，只好去求牛鲁。

牛鲁装模作样地说：“俺家向来以行善为本，今儿个老母八十大寿，乡邻有了难处，俺岂能坐视不问。

好吧，看在众乡亲的面子上，俺就舍一块空地给你葬父，不过，你要送一壶好酒来给俺娘祝寿。”

乡亲们听了，都夸牛大财主心好，忙叫唐兴叩谢过牛鲁，然后先帮唐兴安葬了父亲，又凑钱买了一壶好酒，让唐兴送到牛鲁的府上。

这件事本来就算了，谁想到五年之后，却又起了风波。

这五年间，小唐兴是泼出命去的苦干，攒了一笔钱，置了几亩山地，盖了三间草房，又娶了媳妇，小日子过得挺红火，牛鲁一见有油水可榨，便开始动了心思。

怎么样才能把他的田产夺过来呢？

牛鲁忽然想起五年前施舍坟地的事，对，就在五年前那档子事上做文章。

这一天，牛鲁领着一帮狗腿子进了唐兴的家，牛鲁拱拱手说：“恭喜唐兄弟发福发财，这几年你的日子好过了，俺家里可是赔光了本钱。没法子，你原先借的一笔小帐，咱今天就清了吧！”

唐兴听了不解地问：“牛老爷，俺啥时欠过你的债啊？”

牛鲁冷笑着说：“真是贵人多忘事，俺来问你，五年前，你爹葬在何处？”

唐兴仍然不解地说："俺爹是葬在你家的荒地里，可当时讲好你舍给俺那块地，俺送一壶好酒给你老母祝寿就算结了。那壶酒俺当天就送到你府上了"。牛鲁陡然唬起脸说："说得轻巧！我说的是一'湖'美酒，你却只送了一壶酒，且不说闻名天下的太湖、洞庭湖，就是咱们村前的唐家湖，你算算能盛多少壶酒？"

唐兴听了差一点气炸肚皮，跺着脚说："你这是仗势欺人，这样的冤枉债就是不还。"

"给我抢，不给他点厉害，他就不知道马王爷是几只眼。"牛鲁咆哮着喊。

狗腿子们一拥而上，拳打脚踢，横抢竖夺，最后，把房里的东西抢的精光，然后扬长而去。

小伙子告到县里，县里没等他诉完冤情就轰出了大堂；告到州里，州官说他诬赖好人，打了他四十大板；小伙子听说新任太守为官清正，便告到王羲之这儿来了。

王羲之看完诉状后，气得剑眉倒竖。想到牛鲁乃地方一霸，为人刁滑，且又强词夺理。应须巧判才能收到惩霸之效。王羲之听说牛鲁家养了一大群鹅，顿时计上心来。

第二天，王羲之来到牛鲁家，牛鲁见太守来府，受宠若惊。王羲之说："下官生性爱鹅，听说员外喂养了好多鹅，于是想用下官亲笔手书的《乐毅书》来换员外的一活鹅，不知员外意下如何？”

牛鲁知道王羲之一字能值千金，万没想到他用一幅字来换他的一只鹅，真是飞来的福气。乐得他心花怒放，一夜没睡好觉。

第二天一大早，他就挑了一只上好的大白鹅，用笼子装上，拎到了太守府。

王羲之见鹅，拍手笑着说：“真是千里挑一的好鹅，不知其他鹅也像这一只这么好看么？”

牛鲁媚笑着说：“小人家的鹅都是这样，大人吩咐要一只活鹅所以小人今天只带来这一只，大人如果喜欢，小人改日再送几只。”

王羲之闻言，把脸一翻，拍着惊堂木说：“胡说，本官要的是‘一河鹅’，谁要‘一活鹅’来？难道本官亲笔书写的一部《乐毅书》，只值一只鹅钱么？大胆牛鲁，诈骗本官，该当何罪？”

牛鲁听了，连忙跪倒在地，不服地强辩说：“请问大人，天下买鹅卖鹅只论个、十、百、千，哪有论沟论河的道理呢？小民实在冤枉。”

王羲之听了，抚掌大笑，将唐兴唤上大堂，厉声喝问道：“鹅不论河应论只，那么酒又岂能论湖呢？”

牛鲁这才知道自己不知不觉间上了王太守的圈套

了。无奈自知理屈，只得苦苦哀求，请太守老爷宽恕。

王羲之提笔判道：“牛鲁抢占唐兴家产应如数偿还，另外罚银五百两，以抵偿唐兴惊吓奔波之苦。本官‘清正’为本，焉要劣绅的白鹅，着令牛鲁将本官《乐毅书》奉还，堂上白鹅退回，若有半点差错，罪上加罪。”

此判一宣，当地的百姓传为佳话，无不赞许王羲之理案之巧妙。其实，王羲之在这里也暗地做了一个劫，只因牛鲁的劫强横无理，所以太守老爷的劫便也顺理成章了。

姜维借刀杀人除邓艾

魏元帝景元四年、(公元 263 年）十一月。将军邓艾率军 3 万，偷偷翻越摩天岭，突然出现于江油。蜀汉军师将军诸葛瞻等率军迎击，邓艾斩诸葛瞻，刘禅不敢继续抵抗，向邓艾军投降。

邓艾灭蜀之后。颇为居功自傲，他对蜀国的士大夫们说：“诸君多亏是遇到了我，所以才能有今日，如果遇到东汉初年吴汉那样的人，恐怕已经灭亡了。”邓艾写信对晋公司马昭说：“用兵有先造声势然后发兵的情形，如今趁平定蜀国的威势去攻打吴国，吴人必将受到震恐，这是一举攻灭吴国的大好时机。但是我们在大规模用兵之后，将士们都十分疲劳，不能立即用兵，应暂缓一些时日。我想留下陇右兵二万人，蜀兵二万人，在这里煮盐炼铁，以备军事农事之用。同时制作舟船，预先为顺流攻吴作准备。然后派出使者告以利害，吴国必定归顺，可以不用征战就平定吴国。如今应厚待刘禅以招致孙休，封刘禅为扶风王，赐给他资财、供给他左右侍奉之人。扶风郡有董卓坞，可当作他的宫府，赐给他儿子以公侯的爵位，以郡内的县为食邑，以此来显示归顺所受到的恩宠。再开放广陵、城阳二郡作为封国以等待吴人归顺。这样他们畏惧我们的威严，感念我们的恩德，就会望风而顺从了。”司马昭让监军卫瓘去晓喻邓艾说：“做事当须上报，不宜立即按己意实行。”邓艾严厉地说：“我受命出征，奉行指示给我的计策，现在首恶已经归服，至于秉承旨意授予他们官爵，以安抚刚刚依附之人，我认为也是合乎权宜的计策。如今蜀国上下都已归顺，国土南至南海，东接吴国，应该尽早使其镇定下来。如果等待国命，来往于道路，就会拖延时日。《春秋》之义说：‘大夫出国在外，如果有可以安社稷、利国家之事，自行决断是可以的。’如今吴国尚未归服，势必与蜀国联合，所以不可拘于常理，而失去事情的机会。

《兵法》上说：‘进不求名，退不避罪。’我虽然没有古人的节操，也终究不会自我疑惑而损害国家利益！”

钟会内心怀有叛离之志，姜维已有所察觉，就想促成他的作乱，于是就劝说钟会：“听说您自淮南之战以来，计策从未有过失误，晋的运道能够昌盛，全依赖您的力量。如今又平定了蜀国，威德振世，百姓颂扬您的功劳，主上畏惧您的谋略，您还想因此安然而归吗？何不效法陶朱公范蠡泛舟湖上远避是非，以保全自己的功名性命呢！”钟会说：“您说的太远了，我不能离开。而且从现在的形势看，还没有到这种地步。”姜维说：“其他的事情凭您的智慧、力量就能做到，用不着我多言了。”从此他们俩感情融洽关系密切，出则同车，坐则同席。钟会因邓艾承旨专权行事，就与卫瓘一起密报邓艾有谋反的表现。钟会善于摹仿别人的字体，就在剑阁拦截了邓艾的奏章和上报事情的书信，改变了其中的话，让言辞狂悖傲慢，有很多居功自夸之处，同时又毁掉晋公司马昭的回信，重新再写以使邓艾生疑。

公元264年正月，诏令用囚车押回邓艾。晋公司马昭怕邓艾不从命，就命令钟会进军成都，又派遣贾充率兵入斜谷。司马昭则亲自率领大军跟着魏帝到达长安，诸王公都在邺，就任命山涛为行军司马镇守邺。

当初，钟会因有才能受到重用，司马昭的夫人工氏对司马昭说："钟会见利忘义，好生事端，恩宠太过必然作乱，不可让他担当大任。"钟会将伐蜀汉时，西曹属邵悌对晋公说："如今派钟会率领十万余人去伐蜀，我认为钟会单身一人没有家人做人质，不如派别人去。"晋公笑着说："我怎能不知道此事呢？蜀国多次进犯，军队倦怠百姓疲劳，我们去讨伐，易如反掌，但众人都说蜀不可伐。如果人心存畏惧，那么智勇都会衰竭，智勇衰竭而强使他出兵，就会被敌人所擒获。只有钟会与我意见相同，如今派钟会去伐蜀，蜀必定可以灭亡。灭蜀之后，就按你的考虑办，如果钟会作乱，何愁不能处理他？蜀已灭亡，遗留的人受到震恐，不足与钟会共同谋乱，而中原的将士都急于回家，也不肯与他在一起。钟会如果作乱，只会自我招致灭族之祸。你不必担忧此事，但要谨慎，不要让人知道。"等晋公将去长安时，邵悌又说："钟会所统领的兵力是邓艾的五六倍，只让钟会去攻取邓艾就行了，不必亲自去。"晋公说："你忘记以前说的话了，怎能说不用去呢？尽管如此，我们所说的也不可宣传出去。我自当会以信义待人，但别人不当辜负我，我岂可先于别人而生疑呢？最近护军贾充问我：'是否很怀疑钟会？'我回答说：'如果现在派你去，难道可以再怀疑你吗？'

贾充也不能不同意我的话。我到长安，就自会了断此事。”

钟会派卫瓘先到成都拘捕邓艾，钟会因卫瓘兵力少，想让邓艾杀掉卫瓘，再借此事定邓艾的罪。卫瓘知道他的意图，但又不能抗拒命令，于是在深夜到达成都，传檄文给邓艾所统领的将领，声称：“我奉诏来拘捕邓艾，其余的人一概不予追究；如果到官军这方来，则如先前平蜀时一样再加爵赏；如胆敢不出，则要诛及三族！”等到鸡鸣时分，诸将都跑到卫瓘这里，只有邓艾帐内之人未来。到早晨，打开营门，卫瓘乘坐使者车，直接进入邓艾帐内；邓艾还躺着未起，于是把邓艾父子抓起来，把邓艾置于囚车中。诸将想要劫持邓艾，就整

假投降巧计成虚话

兵奔向卫瓘之营；卫瓘不带卫兵只身出来迎接，又假装书写奏章，说将要申明邓艾没有反心。诸将相信了他而未劫持。

十五日，钟会到了成都，送邓艾奔赴京师。钟会所忌惮者只有邓艾，邓艾父子既已被擒，钟会则独自统领大众，威震西部地区，于是下定决心阴谋反叛。钟会想让姜维率五万人出斜谷为前驱，自己率领大众跟随其后。到长安之后，命令骑兵从陆路走，步兵从水路走，顺流从渭水进入黄河，认为五日即可到达孟津，再与骑兵会合于洛阳，一时之间就能平定天下。恰在此时，钟会收到了司马昭的信，信中说："恐怕邓艾不甘心接受惩处，现已派遣中护军贾充率领步骑兵一万人直接进斜谷，驻扎在乐城，我亲自率十万人驻扎在长安，近日即可相见。"钟会接到书信大惊失色，叫来亲信之人对他们说："如果只取邓艾，相国知道我能独自办理；如今带来重兵，必定觉察到我有变异，我们应当迅速发难。事情成功了，就可得天下；不成功，就可以退守蜀汉，仍可做个刘备一样的人。"十六日，钟会把护军、郡守、牙门骑督以上的官吏以及蜀国的故官都请了来，在成都的朝堂为郭太后致哀，并假造了太后的遗诏，说让钟会起兵废掉司马昭，起遗诏向坐上众人宣布，让大家议论之后，并始授官任职，又让所亲信之人代领诸军；把所请来的群官，都关在益州各官署的屋中，关闭了城门宫门，派重兵把守。卫瓘诈称病重，出来住在外面的官舍。钟会相信他，对他也无所忌惮。

姜维想让钟会杀尽从北面来的诸将，自己再借机会杀掉钟会，全部坑杀魏国兵士，重立刘禅。他给刘禅写密信说："希望陛下再忍受数日之辱，我要让国家危而复安，日月幽而复明。"钟会想听从姜维的意见诛杀诸将，但仍犹豫不决。

钟会的帐下丘建，本属于胡烈手下，钟会喜爱并信任他。丘建怜悯胡烈一人独自被囚，就请求钟会，让他允许一名亲兵进出取饮食，各牙门将也都随此例让一人进来侍奉。胡烈欺骗亲兵让他传递消息给儿子胡渊说："丘建秘密地透露消息，说钟会已经挖了大坑，作了数千个白棒杖，想叫外面的兵士全部进来，每人赐一白帽，授散将之职，依次棒杀诸将，埋入坑中。"诸牙门将的亲兵也都说同样的话，一夜之间，辗转相告，大家都知道了。十八日，中午时分，胡渊率领其父的兵士擂鼓而出，各军也都不约而同地呐喊着跑出来，竟然连督促之人都没有，就争先恐后地跑向城里。当时钟会正在给姜维铠甲兵器，报告说外面有汹汹嘈杂之声，好像是失火似的，一会儿，又报告说有兵跑往城里。钟会大惊，问姜维说："兵来似乎是想作乱，应当怎么办？"姜维说："只能攻击他们！"钟会派兵去杀那些被关起来的牙门将、郡守，而里面的人都拿起几案顶住门，兵士砍门却砍不破。过了一会儿，城外的人爬着梯子登上城墙，有的人焚烧城内的屋子，兵士们像蚂蚁那样乱哄哄地涌进来，箭如雨下，那些牙门将、郡守都从屋子上爬出来，与他们手下的军士汇在一起。姜维带着钟会左右拼杀，亲手杀死五六人，众人格杀了姜维，又争相向前杀死了钟会。钟会的将士死了数百人，兵士们又杀了蜀汉的太子刘培和姜维的妻子儿女，并到处抢掠，死伤满地、一片狼藉。卫瓘部署诸将去平息，过了几天才平定下来。

邓艾本营的将士追上囚车把邓艾救出并迎接回来。卫瓘认为自己与钟会共同陷害邓艾，恐怕他回来会有变乱，就派遣护军田续等人领兵去袭击邓艾，在绵竹西边遇上，于是杀了邓艾父子。当初邓艾进入江油时，田续不往前进，邓艾想杀了他，后来又放了他。卫瓘派遣田续时，对他说："你可以为江油受的耻辱报仇了。"镇西长史杜预对众人说："卫瓘是免不了一死的！他身为名士，地位声望很高，但是既没有颂其美德的赞誉，又不能用正道御使其下属，他怎能推托自己的责任呢？"卫瓘听到后，不等车驾来到就跑去感谢杜预。杜预是杜恕之子。邓艾其余的儿子在洛阳都被诛杀，又把他的妻子及孙子迁到西城县。

钟会之兄钟毓曾秘密地对司马昭说："钟会爱玩弄权术，不可过于信任。"及钟会反叛，钟毓已经去世，司马昭思念钟繇的功勋与钟毓的仁贤，特别宽宥了钟毓之子钟峻、钟繇，官爵如故。钟会的功曹向雄收葬钟会之尸，司马昭召他来责备说："从前王经死时，你哭于东市而我没有责问。钟会身为叛逆，你又特地去收葬，如果再容忍你，还有没有王法？"向雄说："以前先王掩埋枯骨腐尸，仁德施于朽骨，当时难道是先计算其功罪而后再收葬吗？现在王者的诛罚已经加于其身，从法度上说已经很完备，我有感于大义而收葬他，教化也就没有了缺憾。法度立于上，教化弘扬于下，以此来作为万物的法则不是很好吗？何必要让我背弃死者，违背生者而立于当世？您以仇怨对待枯骨，把他弃之野外，这难道是仁贤之人的气度吗？"司马昭很高兴，与他一起宴饮交谈之后才送他走。

邓艾成功之后，颇为矜夸，不能韬光养晦，终于为人所乘。姜维虽然被杀，但谋诛灭蜀的大将邓艾的计划最后还是成功了，为蜀报了仇，这也是借刀杀人之计的巧妙运用。

黄祖借刀杀人害祢衡

196 年（汉献帝建安元年）平原人祢衡自幼有才华，能言善辩，但盛气凌人，刚愎骄傲，孔融把他推荐给曹操。祢衡辱骂曹操，曹操大怒，对孔融说："祢衡这个小子，我要杀他，不过像宰一只麻雀或老鼠一样。只是想到此人一向有虚名，杀了他，远近之人会觉得我没有容人之量。"于是，把祢衡送到荆州，交给刘表。刘表对祢衡礼节周到，把他当作上宾，祢衡很赞美刘表的所作所为，但却爱讥讽刘表左右的亲信。于是，刘表的亲信就利用机会诬陷祢衡，对刘表说："祢衡称颂将军仁义爱人，可以与周文王相比。但又认为将军临事不能决断，而最终的失败，必定是由于这个原因。"这话实际上指出了刘表的缺点，但却不是祢衡说的。刘表因此大怒，知道江夏郡太守黄祖性情暴躁，就把祢衡送到江夏。黄祖对祢衡也很优待，但后来祢衡当众辱骂黄祖，黄祖将他杀死。

士大夫臭架子是招祸杀身之源。曹操憎恨祢衡，却隐忍不杀，将其打发到刘表处，不落骂名。刘表憎恨祢衡，借刀杀人。曹操、刘表处理祢衡，均挟术而行，但刘表显得浅薄。

黄门“借刀”反被刀割

三国时期，吴王孙亮，自幼就非常聪明。一天他想用蜂蜜渍生梅来吃，便派黄门到库内去取，不一会，蜂蜜取来了，当孙亮正想用的时候，却发现里面有几粒鼠粪，当时孙亮非常生气，立即把负责保管蜂蜜的人找来责问，那人觉得冤枉，便申辩说：“臣一向把蜜罐封得严严实实，莫说老鼠，就是蚂蚁也进不去。”孙亮听了也觉得鼠粪来得奇怪，便问：“有人向你讨要过蜂蜜吗?”保管蜂蜜的人说：“黄门曾经要过，但是臣不敢给。”孙亮听后，对着黄门勃然大怒，“你一定是因为没有得到蜂蜜而怀恨在心，现在放上鼠粪来陷害他。”黄门不服。孙亮说：“这很容易分辨，如果鼠粪在蜜中时间长了，一定会内外皆湿，如果是新放进去的，只会是外湿内干。”当即命人把鼠粪剖开，里面果然是干燥的。那个黄门只好服服贴贴地认罪。

黄门因保管蜂蜜的人不给自己蜜吃，而怀恨在心，想要借孙亮之手来报复，但没有想到孙亮年纪虽小，但却能明察善断，揭露了黄门的诡计，不但杀人不成，自己反倒两罪俱发，实在是弄巧成拙。这其中的原因当然有孙亮聪明的一面，但主要是黄门不会隐蔽自己，麒麟皮下露出了马脚。

史思明借刀杀人官运亨通

唐代“安史”之乱的重要人物史思明也曾用借刀杀人计得交官运。

史思明是突厥人。本名窣干。史书记载他天生瘦弱，头发早秃，弯腰耸肩，其貌不扬。他是安禄山的同乡，比安禄山早一天出生。长大之后，以作战勇猛、足智多谋而闻名遐迩。曾得幽州节度使张守圭器重。其中有一段故事。

公元 736 年，史思明因欠官债而走投无路，逃到北方奚人地区。奚人想杀死他。他一本正经地说：“我是大唐王朝派来与奚王和亲的使者。你们杀了我，可要惹下大祸。”奚王一看史思明气度非凡，还当他真是大唐使者呢，于是以贵宾礼接待他。

奚王畏惧唐王朝势力，便决定派 100 人随史思明去朝拜大唐皇帝。史思明对奚王说：“你派去人不少，只是没有高人，我听说你有一个才华超越的琐高，何不派他去呢？”奚王就派了琐高为首的 300 人随史思明朝拜大唐皇帝。

他们一行人快走到平卢时，史思明派人欺骗平卢守将裴休子说："奚人派琐高与精兵来了，他们嘴上说朝拜天子，其实是偷袭平卢，你要赶快备战。"裴休子信以为真，在奚人毫无防备的情况下杀了300人，单留下琐高一个人。

史思明把琐高绑好押往幽州，送到节度使张守圭那里。

张守圭一看，史思明把奚人中最有威名的大将军琐高捉住了，非同小可，以为他为唐朝立了大功，因此，给朝廷奏折中大大赞赏他。史思明因此而官运亨通。

唐玄宗因此而召见他，给他赐坐，认为他是世间奇才。授予他大将军、北平太守的职务。

史思明与奚人的斗争是急中生智。他沉着冷静地把奚王戏弄了一番。而且巧妙地把奚人的高级将领捉住。在此过程中，他顺手牵羊，借裴休子之力，达到了个人目的，因而受到张守圭的器重，是"借刀杀人"克敌制胜的成功之例。

赵匡胤借刀斩将

"借刀斩将"是宋太祖赵匡胤在统一南唐的战争中所采用的弱敌谋略。

赵匡胤

北宋王朝建立后，开始进行统一全国的军事行动。宋太祖赵匡胤采取北守南攻，先南后北的方针，西平蜀，南平汉，声势大振。公元963年，宋军乘胜进攻南唐。南唐后主李煜虽感势孤难敌，但大将林仁肇，智勇兼备，极力主战，率军拒敌。宋太祖也素闻林仁肇骁勇善战，未敢轻进，于是双方夹江自守。

赵匡胤根据南唐内部战和不定，后主李煜狐疑游移等情况，决定施以“借刀斩将”之谋，先除掉林仁肇，然后再进军南唐。于是，他采取一系列谋略行动：首先，他派遣画师为亲善使臣过江拜见敌守将林仁肇，私下绘制了林的画像；在朝廷修建离宫别馆，装修内部，把林仁肇的画像装挂其间；领南唐的“客卿”入室，有意制造林仁肇已答应归宋的情况。

一切布置就绪，恰于此时，南唐后主李煜遣其弟李从善以上表请降为名，入朝探听虚实。赵匡胤有意将其留住，授职为泰宁节度使，此后，李煜常派使臣到从善处探听消息，赵匡胤任其出入，从不盘查。一天，赵匡胤令廷臣引李从善入新建离馆。李从善见室内挂林仁肇画像，惊诧不已，询问廷臣。廷臣故作神秘，含糊应语，被逼无奈才透露：皇上因怜林将军之才，诏谕归降，林将军已应允，这是为林将军修建的宫宅。李从善迅速将此消息转告李煜。李煜十分恼怒，遂设宴毒死了林仁肇。

赵匡胤运用“借刀斩将”之计，借敌之刃，使其自残，从而削弱了敌人的力量，为平定南唐创造了条件。在现代战争中，迷惑敌人，造成敌人上下之间的错觉，使其互误为敌，自相残杀，以借敌刃弱敌，已成为普遍采用的一种军事谋略。

种世衡计除西夏大将

宋仁宗时，赵元昊称帝，建立西夏国（今宁夏银川一带）。赵元昊手下有两名心腹将领野利王和天都王，能征善战，对宋王朝威胁很大。守边宋将种世衡决心要除掉他们。此时，野利王为窃取宋军情报，便派浪里、赏乞、媚娘三人打入宋军内部。种世衡知道他们是间谍，心想与其杀了他们，不如将计就计。于是就封他们为官，让他们负责监税。自此，种世衡便留意物色打入敌方的人物。不久，找到一位叫法嵩的和尚。种世衡命他前去诈降野利王，而放口风让浪里他们知道。走前，种世衡写了一封约野利王投降的密信，用蜡油封好放进僧衣夹层，嘱咐他说："此信不到临死不能泄露，若要泄露，就说'辜负了恩情，坏了将军的大事'。又画了一幅有红枣和乌龟的画让法嵩送给野利王。他人没到，早有间谍把消息传了过去。野利王便张下罗网等候他，法嵩一到就把他抓了起来，见到那幅画，野利王不知其中寓意，为邀功，便把他押到赵元昊处。赵元昊一见图画，细加揣摩，便知是暗喻野利王"早归"，便追问信件。法嵩假说没有。赵元昊使用酷刑，他也不招认，直到最后说要杀他了，他才大声号叫道："我白白死去，辜负了将军的重托，我有负于将军呀！"说着便撕开衣服把信交了出来。赵元昊见他受了这么多苦才交出信，便不认为其中有诈，反而真怀疑野利王有二心。为慎重起见，他派亲信冒充野利王的人秘密去和种世衡联系。种世衡怀疑是赵元昊派来的，便让擒获来的西夏兵从门缝中辨认，等确认他们是赵元昊的人后，种世衡假装不知，把他们当作野利王的使者招待，并与他们密谋了造反计划。等他们回去后，赵元昊便杀了野利王。种世衡又继续演戏，在宋、夏边境上设祭坛，在木板上刻祭文，上书野利王、天都王有意降宋，结果功败不成，十分可惜等等，还燃烧了纸钱。西夏边将见宋人在边境上吊祭亡灵，带兵杀来。种世衡装作慌张，迅速撤离。西夏兵把刻有祭文的木板呈献给赵元昊，天都王也因此被杀。

种世衡此计称得上借刀杀人之计的典范，他巧妙地利用了野利王的间谍，派法嵩和尚诈降；再是法嵩和尚采用了苦肉计，离间赵元昊和野利王；三是利用了赵元昊的使者传递假情况，借刀杀人；四是以吊祭为名利用西夏兵作反间，又杀了天都王。

洪秀全借刀杀人除异己

天京大屠杀是太平天国由盛而衰的一个转折点。酿成事变的根源不难索解，事变的爆发点却始终是个谜。东王府直到事变前夕还是很平静的，致使韦昌辉的屠刀挥舞得那么如心如意，这明明是在东王毫无防范的条件下的突袭。所谓“逼封万岁”一事，真实性颇多疑问。一则杨秀清要夺权，何必做得如此猴急；二则，大权在握，要个“万岁”何用？三则，既然做了这种必然遭忌的事，为什么竟是毫不警戒地在东王府睡他的大头觉？

论者说，这故事是在惨案发生后对东王的“欲加之罪”，用以平息某些人的困惑、怀疑和愤恨，它是天王府编造出来的。据石达开的回忆说：“达开领众在湖北，闻有内乱之信。韦昌辉请洪秀全诛杨秀清，洪秀全不许，转加杨秀清伪号；韦昌辉不服，便将杨秀清杀死”。杀杨本是极密事件，只有在洪、杨、韦三人心底里最明白；当时李秀成尚未封王，石达开西征在外，他俩说的都算不上第一手材料。但石达开一直是主要当事人之一，他所了解的应该较能接近实际。尽管他说得略而不详，且有某些歧义，但有一点很清楚，是天王主动加了东王封号，与逼封之说恰恰相反。本来，这种争夺权位的肮脏勾当最容易产生政治谣言，后来石达开出走了不是又产生所谓“诛杨密议”的吗？东王被杀，北王受诛，翼王又出走，群情惶惑，人心离散，洪秀全只好给东王平反来平息众议，于是“开诏擅杀”和“诛杨密议”两项新的内幕新闻，相继占领了谣言市场，前者是加重北王罪名的，后者是让翼王分担杀杨责任的。诏书上还说：“妄为推测有何益，可怜叛爷成臭虫。”出了怪事，怎能禁得住群众的“妄为推测”呢？不论怎样添注涂改，逼封万岁的谣言已经广泛流传，再也收不回来的了。

不管“逼封万岁”有无其事，反正洪、杨矛盾已发展到了不可调和的地步，冰冻三尺，非一日之寒。起义初因军令需要集中，杨秀清做事又极能干，因此洪秀全指定诸王一律“听东王将令”。东王不识字而极聪明，从事判断敌情，决策进退，颇多独到见解。他多次出奇制胜，化险为夷，在军中威望极高，这些原都是正常的事情。可是，由于杨秀清握有假托天父附身传言的特权，他的神权高过了洪秀全的王权，这就成了准备子孙万代相传的洪家王室之大忌。建都以后，东王府权势显赫，威风张扬，杨秀清一切专擅，几乎重要的事都得通过他决定。

1856 年杨秀清把他的战功推到了最高点。天京受南、北大营的困扰已久，这次东王下决心全力加以扫除，高度发挥了他的指挥艺术。过程中运筹准确，计日程功，号令严峻，“不奉令者斩”，这是他一贯作风。历时五月，从江北横扫到江南，江苏巡抚吉尔杭阿在高资战败自杀，从孝陵卫东逃的钦差大臣向荣在丹阳自缢身亡。在天京外围纠缠了三年多的一支威慑力量宣告瓦解，清廷大受震动。

太平军第一次打了个大规模的歼灭战，而且打得漂亮，这是值得称道的。东王自以为了不起，志得意满，骄傲了。其实，清廷经此挫折，更识得了太平军的厉害，正在重新部署，准备卷土重来，严重的拼死决战就在眼前，而天国领袖却相反地陶醉了起来。老话说，“兄弟阋于墙，外御其侮”，现在对外打了一个对于消灭清廷实力而言并不具有决定意义的胜仗，竟然祸起萧墙，实在是令人惋惜的。天京热烈举行祝捷大会，享有最大光荣的当然是班师回朝的东王。东王出门，坐四十八人抬的大轿，（天王洪秀全坐六十四人大轿）由二十七节的龙灯开道。龙灯五色洋绉长达数十丈，高丈余，行不见人，鼓乐从其后，谓之“东龙”。东王仪仗次于天王，排场的豪华煊赫，“侯相为之侧目”。自信心特强的东王自我陶醉的热度狂烈地高升了，天王和其他各王怎能看得过去。

仅仅为巩固权力而除掉一个东王，只要不多牵动其他将士，影响自亦不大。可是动手的北王韦昌辉做法极蠢，杀了东王一家后就此大开杀戒。先用计诱集东王部属和关系人，聚歼在东王府；再转到外边，大肆株连屠杀有关士兵和家属，据说总数至少两万余，以致从观音门内漂流出江的“长发尸骸数日不断，江流因血污为之变色”。内讧接着演出第二幕。石达开返京不满韦昌辉所为，韦即图谋杀石；石星夜缒城逃出南京，韦又把石全家老小杀了。第三幕，惩办韦昌辉和秦日纲，由幸存的东王部属来动手了，先杀了几百人，正要按照北王方式继续杀下去，幸经陈玉成及时赶到劝阻。他说："太平军皆东、北王旧部，如欲株连，非杀尽太平军不可。"一场大屠杀才算告一段落。

在这场历史上罕见的内讧屠杀中，不少转战万里的起义将士，农民军骨干，不是死在与清军鏖战的沙场，而是倒在自相残杀的血泊之中。石达开惊叹："自攻自杀，从此元气大伤，十年未可即复。"说得多么痛心！正如后来李秀成所追忆的，从此"人心改变，政事不一，人各一心，……各有散意"。这是上层的反应。下层呢？当时流行起一首歌谣说："天父杀天兄，总归一场空，打打包裹回家转，还是做长工。"

天京事变的真相是洪秀全排除异己，巩固自己统治地位的一次行动。他借韦昌辉、秦日纲之手除掉了对自己威胁最大的杨秀清。又借东王余党诛杀了韦昌辉、秦日纲，借刀杀人之计可谓用到极至了。

路易八世的"借刀杀人"计

"借刀杀人"是法国国王路易八世在统一法国过程中，顺利收复南方大片领土而设的妙计。十三世纪初，由于英国对法兰西的侵略，使法兰西处于四分五裂的状态。在法国南部以图卢兹为中心建立了一个亚尔毕派（具有分立主义思想），成员大都是农民、市民，投机的小封建主，以图卢兹伯爵拉蒙德六世为首成立了法国南部贵族政权。由于亚尔毕派这种分立主义思想，他们既反英国的侵略，又反法王路易。路易八世对此使用了一个巧妙的计策。

他认为，亚尔毕派的存在对法国的统一和抗击外来侵略都是一个障碍，应该将其征服。但自己率军亲征，英国侵略军必然乘虚而入，何不借此外部力量将其消灭，然后再乘机收回领土。于是法王路易八世以拉蒙德六世杀死罗马教皇的使节（实为拉蒙德的一个亲信所为）为借口，请教皇派十字军征讨。富饶美丽的法国南方城市对法国北方的骑士和德国骑士引诱力颇大，以西蒙·德蒙富尔为首的十字军于 1209 年开始向法国南部进军。

1213 年，在缪雷会战中，西蒙打败了拉蒙德六世。拉蒙德退守图卢兹、尼姆、阿让等地，西蒙乘机占领南部大片领土，法王乘机赐封西蒙为侯爵。1215 年，十字军攻占图卢兹。法王一看时机成熟，率军南下，镇压了图卢兹人民反抗十字军的起义，亚尔毕派中追求私利的小封建主背叛拉蒙德六世，投靠了国王。法王乘机收复南部大片领土。这使法王的政权得到巩固，限制了封建主们的专横，对统一法国起到了积极的推进作用。

大卫借刀杀夫夺妻

圣经上有这样一个故事。

2000多年前，以色列人在其国王大卫·雅各布国王的鼓动下，侵入了亚扪人的国土，并且包围了他们的国都拉巴城。

匿玉玺孙坚背约

消息传到耶路撒冷，大卫十分高兴。这天晚上，大卫酒足饭饱之后，离开王庭，走到王宫的平台上散步。月色如水，王宫周围的林木、宫殿似披上了一层皎洁的银光。这时，大卫突然发现王宫前的小河里有人洗澡。他步出王宫，悄悄走了过去，眼前的景象顿时使他心动神摇。

灿若银河的流水里，一位仙子般美丽的女人正在水中上下浮动。她肤色洁白，体态优雅，两只眼睛比天上的星辰还要明亮，面容比高悬的明月还要动人。大卫王被这个女人迷住了，久久不肯离去。

事后，大卫王派人跟踪打听，才知道这个女人叫巴示芭，是自己的大臣乌利亚的妻子。

怎样才能把巴示芭弄到手呢？大卫冥思苦想，一个借刀杀人之计在他心中形成了。

这一天，大卫王把乌利亚召上殿，亲切地对他说："前线的战事正紧，我有一封密信需要你尽快送到前线去，亲手交给正在指挥作战的约押元帅。"

乌利亚不疑有诈，装好信，骑上马，快速如飞地向前线跑去。

约押元帅收到这封密信后，感到非常奇怪，信里是这样写的："……派乌利亚到敌人最凶猛的地方去打仗，如果敌人冲过来，你们便后退，让他被杀死。在战场上结束一个有罪的灵魂，对他来说是最好的结局。"

约押看看乌利亚平静如常的脸，始终猜不透其中的含义，便照信中说的做了。

第二天，双方交战的时候，约押便把乌利亚派到战斗最为激烈的地方。当敌人冲过来时，约押便率领大军后退了，只剩下几个士兵和乌利亚在一起。结果乌利亚和那几个士兵一道战死在疆场上。

乌利亚的妻子听说自己的丈夫战死了，非常伤心。大卫王便扮做一个体贴下情、慈祥可亲的国君，经常去看望巴示芭，每次去都带上十分丰厚的礼物。巴示芭对大卫王十分感激。不久，便成了大卫王的王妃，后来还为他生了一个儿子。

《圣经》在此章最后一节中，对大卫的这一计谋的使用表示反对。“上帝十分不悦，他派先知拿单去斥责大卫为什么要做这种可憎的事情？你借亚扪人的刀，杀死了乌利亚，然后夺去他的妻子，这实在是太可恶了。由于你的行为，使上帝的敌人有了亵渎主的理由，所以巴示芭为你生的这个儿子将会死去。”

尽管大卫十分喜爱这个儿子，苦苦向上帝祈求，可是上帝的预言还是应验了，没过多久，大卫的儿子便死了。

借刀杀人之计虽然在实现目标上或许能收到出人意料的效果，却常常在道德法庭上受到良心的审判。最好的办法，便是借敌人的刀去杀敌人。

斯威夫特借星相杀人

18世纪初，在英国伦敦，有个名叫巴尔特利日的占星家，诡计多端，常常明目张胆地骗钱害人，偏偏许多人还相信他的骗术，甘愿受他的欺骗。当时英国著名的讽刺作家斯威夫特对这些骗术十分厌恶，对那些被巴尔特利日大把大把地骗去钱财的人们深抱同情，于是决心拆穿他的把戏。

斯威夫特知道，直接去当面顶撞，说明他是如何骗钱的，这种办法显然不灵。斯威夫特想了好久，决定采用“以子之矛攻子之盾”的方法，来揭穿他的谎言。

于是，斯威夫特便仿效巴尔特利日的占星计算方法，编写了一本“预言”历书。在这部书中，他预言巴尔特利日将于某年、某月、某日半夜11点钟得病死亡。到了这个时间，他又编写了巴尔特利日死亡的病情报告，随后，又在报纸上发表了殡葬的消息。

这样以来，满城的男女老少都知道了这位星相家去世的消息，有许多人还为此惋惜。

巴尔特利日从报纸上看到自己死亡的消息，大为恼火，无可奈何，只好到处辟谣，说明自己还活着。一怒之下，便向斯威夫特提出了挑战。然而斯威夫特却向公众说明，他是按巴尔特利日占星计算法得出的结论，即使不能应验，错误也在于巴尔特利日的荒谬星相术，弄得巴尔特利日狼狈不堪。

刘秀借刀杀人得洛阳

西汉末年，由于阶级矛盾日趋激化，使这个统治了二百多年的封建王朝，出现了严重的危机。朝政大权旁落到外戚王莽的手里。

公元 8 年，王莽把年仅八岁的小皇帝——孺子婴废掉，自己登上皇帝的宝座，改国号为“新”。

王莽当上皇帝之后，为了加强统治，打着复古的旗号，进行了“改制”，致使国家日趋混乱。在他的横征暴敛下，加上连年的自然灾害，使许多老百姓失去土地，实在无法生活，纷纷被迫组织起来，决心用武力推翻王莽政权。

公元 17 年，现在的湖北省西部爆发了王匡、王凤领导的绿林起义；公元 18 年，又在现在的山东省莒县爆发了樊崇领导的赤眉起义。同时，各地地主豪强和汉朝没落贵族也开始组织武装，先后打出反对王莽的大旗。

起义军联合起来后，攻打王莽的官兵，接连取得胜利，鼓舞了千千万万老百姓，使他们纷纷投奔起义军。起义军增加到10万多人。

起义军将领决定趁热打铁，挥师北上，围攻宛城（今河南省南阳市）。当大军来到宛城东南清水（今河南白河）边上的时候，众将领一致推举汉朝皇族后裔刘玄当了皇帝，历史上称他为更始帝。

可是，更始帝刘玄迁都长安后，生活腐化堕落，整天在宫中不理朝政，游手好闲，吃喝玩乐，对国家大事一无所知。

由于刘玄的所作所为实在令人难忍，甚至原来支持他的赤眉军也十分气愤和坚决反对。在公元24年春天，赤眉军兵分两路向长安进发。进军途中，他们另立做过放牛娃的刘盆子当了皇帝。

在赤眉大军日益逼进长安时，刘秀派大将邓禹率领精兵两万，驻扎在长安附近。他的目的是趁赤眉军和刘玄作战的机会，坐收渔人之利。刘玄对刘秀派遣大将邓禹的活动，自然十分了解，立即派朱鲔、李铁驻兵洛阳，牵制刘秀。

刘秀当然也料到了这一步棋。他立刻派寇恂守河南（今河南省武陟县），冯异守孟津（今河南省孟津县西），抵制朱鲔、李轶从洛阳方面来的威胁。

袁绍磐河战公孙

驻守洛阳的副统帅李轶，最早曾和刘秀一起共同反对王莽。他自从参与了谋害刘秀的哥哥刘演的事后，对刘秀总是怀有戒心，怕他寻机报复，可是，他又觉得更始帝刘玄是平庸无能的人，跟着他走是没有好结果的。因此，他希望有人从中调解自己与刘秀之间的矛盾，以便将来另有出路。

李轶的这种心情，冯异最清楚。于是，便给李轶写信，劝其及早归顺刘秀。信中的言词委婉动听，真诚感人。李轶将信反复阅读，再三考虑，于是回复冯异一信，表示感激而外，并暗示如果他攻打刘玄，自已绝不予以援救。

冯异得到李轶的保证，放心大胆地攻下了天井关（今山西省晋城县南）和上党（今山西省长子县西）；接着又往南，接连打下 13 个县城。李轶果然袖手旁观，按兵不动。

冯异见李轶很守信用，就派人把李轶亲笔写的信送给刘秀，并将其中详情一一告知，不意刘秀举起信来，当着众人的面说："李轶这人诡计多端，谁都摸不着他心里的鬼主意。"并且吩咐传令官把信交给各地守将传阅，还一再嘱咐："对李轶不可轻信，要多加小心。"

众将士对刘秀的这种做法都不理解，而且感到如此重要的军事机密，怎能随便在大家面前公开呢？倘若走漏风声，李轶不就有被杀的危险吗？

原来刘秀另有打算，他是想"借刀杀人"，替被害死的哥哥报仇；同时趁机离间对方，为夺取洛阳准备条件。

刘秀传阅李轶写给冯异信的事情，果然被朱鲔知道，朱鲔感叹自己非常信任的助手，竟会私通刘秀，气得咬牙切齿，遂派人把李轶杀掉。

李轶被杀，洛阳的内部非常混乱。同情李轶的人都偷偷地逃出洛阳，投降了刘秀。刘秀"借刀杀人"

“一箭双雕”的计谋成功了。

借刀杀人，是为了保存自己的实力而巧妙地利用矛盾的谋略。当敌方动向已明，就千方百计诱导态度暧昧的友方迅速出兵攻击敌方，自己的主力即可避免遭受损失。借刀杀人，巧在一个借字，但借刀必须有条件，或陈明利害，或许以重利。现代商战中，有些人为谋取私利刻意制造他人的过失，以图掩饰自己过错的例子也屡见不鲜，其所用策略也可称之为借刀杀人。

李光弼收降叛将

唐肃宗时，司空李光弼与叛将史思明对垒于河阳（今河南孟县西），攻守均无进展。思明想截断光弼粮道，移师河清县。光弼得报，亦即亲率北军到野水渡去驻扎，筑垒抗拒，相持了一天，光弼就回河阳城，只留下一千名军士，派部将雍希颢留守，并指示他说：“史思明有两名勇将高庭晖和李日越，今晚必派一名来劫营，你只可固守，不可与战，如果来将投降，你就带来见我。”这奇怪的命令，使得希颢莫名其妙，只好遵令固守。

果然，史思明当晚决定劫营，对李日越说：“李光弼长于守城，怯于野战，今移驻原野，已陷入圈套，必为所擒，你今夜劫营，务要把他生擒回来，若捉不到李光弼，你不必回来见我!”李日越于是率领五百精锐骑兵出发。

希颢严守营地，天晓时果见一贼将率领几百骑兵走近栅前，对左右说：“来了！且看他怎样。”乃裹甲息兵，吟笑相视，毫无敌对表现。李日越很是奇怪，便喝问“司空在哪里？叫他出来答话!”希颢答：“他昨夜已回河阳城去了!”“他留下多少兵？统师是谁？”“只留下一千兵，统将是我雍希颢。”李日越沉吟不语。希颢却反问：“你是姓李还是姓高？”“姓李!”希颢即笑着说：“想是李日越将军了，司空有命，知将军素抱忠心，不过为环境所迫，今特令我在此迎接将军。”李日越踌躇起来了，想起史思明“捉不到李光弼，就休回来见我”的话，便对他的部下说：“今捉不到姓李的，回去大家都难免一死，不如投降算了。”从骑均无异言，于是放下武器请降。希颢开栅相见，问明名号，果是李日越，大喜过望，当即引见李光弼。

李光弼接见李日越，待他非常好，引为心腹，李日越甚为感激，自告奋勇地写信招降他的同僚高庭晖，光弼却说：“不必了，他自然会来投诚的。”

过了几日，高庭晖果然率部众来降，光弼甚为优待，与李日越相同，俱为奏请官阶。

当时有人问李光弼收降敌军两员猛将，怎的这样容易？光弼答："这就是知己知彼，史思明常说我只能守城，不能野战，我转移阵地野水渡，他以为我投进了圈套，必遣勇将李日越等来攻击我，但我离开了。李日越打不到我，自然不敢回去缴令。除投诚外实无别路可走，庭晖才勇都超过李日越，见李日越在我们这里被宠任，必然来投诚谋占一席，他两人当时所以附逆是环境所迫的，并非真心。"

亚科卡借刀复仇

李·亚科卡，1924 年 10 月出生于美国宾夕法尼亚州艾伦敦，父亲是意大利移民，早年受父亲影响，认为能通过冒险获得成功的道路就是经商。他在大学是学工科的，刚进入福特公司时，被分配当一名见习工程师，但他迫切希望搞推销，喜欢和人打交道。他认为销售商一贯是汽车业的关键、要害部位，是企业的精华。1953 年，亚科卡被提升为费城地区的销售副经理。这一年他大胆提出了"给 56 年新车付 56 美元"的销售计划，即客户购买 1956 年福特公司的新车，可先付 80%的款，然后每月付 56 美元，三年还清。这种销售方式几乎人人都能接受，因而极大地刺激了市场需求。不到三个月，费城地区销售量从全国的末位一跃为首位。后来，这一计划成为福特公司全国性销售策略的重要组成部分。作为奖赏，亚科卡被提升为华盛顿地区的销售经理。1960 年，年轻有为的亚科卡担任了福特汽车公司轿车部经理。接着，他便开始了式样好、性能强、价格低的"野马"轿车的生产和销售。结果这一仗大获全胜，1970 年，亚科卡荣升为福特公司的总裁。在他就任总裁的 8 年里，为福特公司净挣了 35 亿美元的利润，在该公司的历史上留下了最辉煌的业绩。但成功招致嫉妒。1978 年 7 月，福特二世解除了亚科卡的总裁职务，同时答应将 36 万美元的年薪，变成 100 万美元的退休金，条件是——不要受聘于其他公司。

亚科卡不为 100 万美元动心，更不愿向命运屈服。国际造纸公司等多家公司来请他，他都谢绝了；纽约大学商业学院等三四所学校聘请他担任院长，他也谢绝了。而当深陷危机、濒临破产的克莱斯勒汽车公司董事长来聘请时，他却欣然接受，并立刻走马上任。因为在他看来这是向福特公司复仇的机会。并且，他上任后宣称：公司起死回生之前，自己的年薪为一美元。

从此，亚科卡开始了“通往顶峰之路”的艰难跋涉，并由此展示了他扭转乾坤的非凡谋略。

亚科卡受命于危难之际。克莱斯勒公司因管理不善陷于绝境，资金枯竭，亏损巨大。亚科卡大智大勇，开展了惊心动魄、艰苦卓绝的拯救工作。他为收拾这个烂摊子的第一步工作是选准突破口，经过调查，很快摸清了公司的5个致命弱点：

一是纪律松弛。他到任的第一天，就遇到两件令人恼火的事：一是他发现前总裁卡费罗的办公室竟成为人来人往的过道。职员们穿堂而过，连个招呼都不打，没有一点规矩。二是他看到前任总裁女秘书在工作时间随便办私事打电话。这在福特公司是要丢饭碗的，而这里却毫无顾忌。再往下看看，基层组织像一盘散沙，士气低落到令人难以置信的地步。

二是管理混乱。公司没有名副其实的管理体制，没有行之有效的规章制度。设计部门与制造部门没有联系，制造部门与销售部门没有联系。财务管理一蹋糊涂。

三是人浮于事。公司副总裁竟有35个。亚科卡形容说“每个山头都有王爷，各自占地为王”办起事来互相扯皮，踢皮球。

四是库存积压。公司不是按经销商的订单组织生产，结果导致库存货满为患，库存8万余辆，人们把这种存货叫“销售银行”。为了给汽车找销路，公司每月举行一次减价销售。结果造成经销商对减价的企盼，该买也不买，等待降价，造成恶性循环。

五是资金短缺。这一问题是所有问题的焦点。1978年克莱斯勒亏损2.04亿美元，1979年初，亏损高达11亿美元，积欠各种债务达48亿美元。

在精兵简政方面亚科卡毫不手软地砍了“三板斧”，先砍公司高层领导。对那些身居高位而毫无建树的平庸之辈，一概撤掉，公司35个副总裁先后辞退了33个，高层部门的28名经理撤掉了24个。第二斧，精简机构，压缩企业规模。他大胆采用“关、停、并、转、卖”几项措施，在52个生产工厂中，关闭、变卖16个，合并转产4个，产量、车型和销售而相应减少，企业规模“消瘦”了1/3。第三斧，削减雇员。他先后解雇9万多人，裁员率超过50%，经纪人由5800人减少到3700人。

亚科卡任用能人也是别具一格。他选人的首要标准是“志同道合”。要求部下必须熟知他的领导作风，对他那套管理办法能够彻头彻尾的贯彻执行。由于克莱斯勒能人匮乏，亚科卡不得不在自己熟悉的老伙计中打主意。连“挖”带拉先后从福特公司搜罗到数名得力干将。

孙坚跨江击刘表

第一个被他“挖”过来的是福特公司委内瑞拉子公司的总经理杰拉尔德·格林沃尔德。亚科卡特别欣赏他的机敏头脑和实干精神，亲自赴委内瑞拉做他的工作。经过几番秘密畅谈，格林沃尔德有感于“老上司”的盛情，毅然改换门庭，成为克莱斯勒第二把手。

第二个被他请来的是早已离职退休，65 岁的原福特公司副总裁的保罗·伯格莫泽。此人在福特公司副总裁的职位上干了 30 年，既埋头苦干，又足智多谋。亚科卡意在借重他的丰富经验，力劝他出山挑大梁。经不住亚科卡再三推举，他终于接过公司总经理的重任。

第三个是由格林沃尔德举荐而来的史蒂夫·米勒。米勒过去是格林沃尔德手下主管财务的得力助手，被亚科卡视为“当家理财的一把好手”，破格提拔他为公司主管金融业务的副总经理。

第四个是在亚科卡手下干了 24 年的哈尔·斯帕利奇。此人其貌不扬，但谋略水平高，预测能力强，能料知三四年以后市场上最需要什么样的汽车，由他主管公司生产计划。

另外，他雇请了福特公司的公关先生加·劳克斯来公司主管销售，聘请原福特公司总工程师，已退休的汉斯·马赛厄斯负责全公司机械制造，提拔能在“鸡蛋里挑骨头”的福特公司旧部乔治·巴茨负责产品质量。

总之，能者上前，庸人靠边，建立起以亚科卡为首的有力的领导系统。

亚科卡的用人方法是：①与属下交谈。他认为，管理就是发动他人去工作。一个企业运转得好，就是那里人发动得好，而发动人的惟一办法是与他们交谈。演说是发动一大群人的最好办法。②实行季度检查制度。每三个月他就同属下坐下来，检查过去的成就与差距，计划下一季度的工作目标。亚科卡认为季检查制度有 5 项好处：不断制定自己的目标；使人更有成果，充分发挥积极性；迫使职员经常检查自己完成了什么工作，下一步怎么办，多动脑子；不埋没人才，好的职员不被忽视，不好的职员无法混日子；强制职员与其上司之间的对话，促使他们沟通思想融洽感情，增进了解，改善关系。③激发和保持下属的进取精神。当提升一名工作人员时，正是给他增加任务之时。在他成功的时候，要对他提出更高的要求；而在他不得意时，千万不要过分严厉，否则会毁灭他的进取精神。④不能随便变动职员的工作。因为技能是不能互换的，一个人在一个领域里具有专长，不等于在另一个领域里也有经验和专长。⑤作为一名领导无法做好所有人的工作，只能鼓励下一级的人去干，下一级再鼓励他的下级去干，绝不越位去干本应属下级干的事。

亚科卡还开源节流力渡难关。

一是争取政府贷款。作为亏损企业贷款何其困难，亚科卡豁出老本，背水一战，用巨资游说国会内外关键人物，活动政府上下要害部门。他终于得到了

15 亿美元的贷款保证。然后又在州级政府和民间四处活动，筹集了相当可观的资金，财政拮据的状况得以缓和。

二是裁人减薪，减少劳务开支。工资支出由 21 亿美元减少到 15 亿美元；1700 多名高级职员减薪 10%，级别较低的职员减薪 2%至 5%，同时宣布待公司赢利之后，重新补发被削减的工资。公司股东对此肃然起敬。他们从长计议，同意公司关于暂时冻结红利的意见，表示与公司有难同当。

三是大力改善库存管理，压缩库存费用。亚科卡大胆引进日本丰田汽车公司“及时进货，及时使用，快速循环”的管理方式，在压缩企业规模的同时，注意工厂和仓库布局相对集中，就近使用；把费时、价高、大批量的火车运输，改为廉价省时、小批量的汽车运输，每年节省库存费用开支 4.5 亿美元。与此同时，让设计制造部门大力研究不同种车型使用相同的零部件，将公司生产的零配件从 7 万多种减少到 4000 多种，给进货、库存带来很大方便，每年又节省开支 3 亿美元。公司的年库存价值由 21 亿美元降至 12 亿美元。

四是对采购、预算、生产等方面进行综合改革，努力降低成本率。首先改进采购办法。原来公司的原料产、供、销一直在内部循环，后来公司决定，只要自产零件的成本不如购进合算，就不怕“肥水外流”，大胆从外部购进。其次是完善工厂预算制度。过去是完全根据自己产品的成本拟定内部预算，这种做法缺乏横向比较，不利于降低成本。后来公司规定，必须通过与外界同类产品的成品费用加以比较之后再作预算，促使工厂自觉向同行业低成本看齐。再次是变进口项目为自己生产。

亚科卡通过硬挤细抠，积微成著，总算走出了低谷，手中有了钱，便有了搏斗求生、大展宏图的力量和机会。

第一，加强市场调研预测，果断调整产品方向。克莱斯勒过去失败的惨痛教训，就在于市场信息严重失灵。亚科卡大力加强了市场调研部门，于1982年11月组建了一个60人的市场调查小组。亚科卡根据80年代国际石油价格开始下降，国内汽油供应日趋缓和的新形势和调查小组提供的信息，正确地预测到市场上可容纳全家人的较大型汽车将走俏。于是他果断拍板定案，将本公司保留多年的“纽约人”牌大、中型车加大产量。同时，又迅速拿出几样新产品，在市场上抢得一席之地。

第二，摸准时尚变化规律，推陈出新，先声夺人。

敞篷轿车从汽车初兴至60年代中期，在美国经历了“三起三落”的变迁。1976年4月21日，底特律市长曾煞有介事地为美国最后一辆敞篷车举行了“告别仪式”，于是这种车在大街上便消声匿迹了。亚科卡独具慧眼，看清了汽车造型“高岸为谷，深谷为陵”的变化规律，摸到了美国人想重坐敞篷汽车大兜其风、“重温旧梦”的时尚趋向。亚科卡大胆决定重新生产敞蓬汽车。1982年“道奇4009”新型敞篷车先声夺人，投放市场后十分畅销，开始估计有3000辆就能满足需要，没想到一气卖了2.3万辆。后来，通用、福特公司也紧步后尘。克莱斯勒多年来头一次走在他人前面，亚科卡感到无比自豪。

第三，不断变换花色品种，努力提高产品质量。产品经营的关键在于“创新”。在汽车新产品中，一般分为市场型和技术型两类。市场新产品主要是在总体设计、车体形状、装璜色彩等方面进行改造，花钱少、周期短、见效快。亚科卡审时度势，量力而行，把开发市场新产品作为重点来抓。于是决定以前轮驱动高速省油的长型车为基本模式，争取基本部件一体化、车型品种多样化的生产路线。结果是投资不多，花色品种却不少，使顾客接踵而来，尽情挑选。另一方面，亚科卡始终抓住产品质量不放，采取了三项有力措施：

一是投资1800万美元，建立了一个电子计算机和测试仪器中心，由人工设计逐步过渡到全部由计算机承担全部设计工作，大大提高了设计质量。二是花费1亿美元，改造老厂房，把引擎从汽车顶部安装改为从底部安装，使装机质量明显提高。据1978年验车报告称，公司所产汽车行驶百英里的可能维修费由4年前的358美元下降到157美元。1983年统计，当年客户对克莱斯勒汽车撤销订货数只有7千辆，而同期对通用公司的撤销定货是120万辆，福特公司多达160万辆。

第四，充分利用广告的作用，大力扩大影响。由于前几年克莱斯勒“臭名”在外，人们对其新产品总是将信将疑。要改变这一形势，必须借助广告舆论。为了给公众留下里外全新的印象，亚科卡毅然撤销聘用多年的原来两家广告代理人的资格，不惜重金改聘广告行里的佼佼者——“凯一埃”广告公司。该公司不负厚望，广告做得有声有色，连出妙招。克莱斯勒作广告强调“突出个性”，不搞“一锅煮”，避免雷同，力求使每一种牌子的车在广告市场中形成自己独特的个性和鲜明的特性。

第五，灵活确定售价，重视售后服务。亚科卡为巩固和扩大市场，制订了公司有史以来第一个以市场计划为重点的行政方案，实行优质优价、劣质低价、有升有降、灵活变通的物价战略。同时为刺激销售，巩固和扩大自己产品市场，精心搞好售后服务。公司从不搞“离店不认帐”一类自绝后路的买卖，对自己的产品不仅保质量，保使用寿命，而且随时提供热情周到的保修服务。他们把小汽车的保修期定为5年，行程5万英里，这类免费的长期售后服务，在大的汽车制造厂家中，惟此一家。

亚科卡临危受命，大刀阔斧推行改革，终在几年内使公司绝处逢生，呈现一派欣欣向荣的景象：1980年公司扭亏为盈，1982年盈利11.7亿美元，还清了13亿美元的短期债务，1983年盈利9亿美元，提前7年偿还了15亿政府贷款保证金，发行股票2600万股，仅数小时就被抢购一空；1984年盈利24亿美元。全面赶超了福特公司。

鉴于此，亚科卡本人一下子成了美国人心中的英雄。1983年的一次美国“最佳企业主管”的民意测验中，亚科卡以绝对多数票领先；1984年4月，美国《时代》周刊的封面上刊登了他的肖像，通栏大标题是：“他说一句话，全美国都洗耳恭听”1984年12月，美国出版了《亚科卡》传记，该书出版后，瞬时被列为美国畅销书之首，发行量已高达260万册。在日本，《亚科卡》一书一个月就售出 20 万册。在伦敦，《亚科卡》名列畅销书首位。沙特阿拉伯的政治家们则把《亚科卡》作为管理者的必读书。对此，密执安州的州长说："亚科卡是世界上最受尊敬的企业家"，1985 年仅头两个月，亚科卡就被 1270 个不同组织邀请去讲演。在克莱斯勒，所有蓝领工人对亚科卡的尊敬已达到近于忠君的程度，数以万计的美国人给他写信，请他去竞选总统。

面对这种形势亚科卡表示："要马不停蹄，一路高歌猛进。"

微点公司借刀杀人逃脱吞并

微点公司是美国一家经营状态较好的中型企业。该公司的管理部门深知其他颇具实力的大公司对它早有吞并之心，特别害怕此类事件的发生。然而微点公司终于未能逃脱这种厄运的打击。一天下午，公司总裁艾伯特收到了美国通用电缆公司打来的电话，声称要以每股 17 美元的价格收购微点公司的全部股票，这实际上就是通用电缆公司准备吞并微点公司。

艾伯特总裁听到这个电话后，立刻召见公司投资关系处处长蒙威尔紧急磋商反吞并对策，制定出了以下应急措施：

第一，严密控制公司影印机，防止公司文件被窃。

第二，雇请警卫人员全天24小时把守公司办公设施。

第三，召请技术专家检查全公司办公室及电话通讯设备，看是否有人装设窃听装置。

第四，与公司所有职工对话，以寻求反击通用电缆公司的各种信息与情报。

第五，立即拟定一份对外宣传材料，向社会各界及传播媒介广为散发，材料中指出："如果通用电缆公司能成功，那就意味着将来再也不会有IBM，全禄，拍立得等这种公司出现，因为小型公司刚刚开始真正成长时，就像微点公司一样被扼杀了。"

在确立了上述处理原则的基础上，微点公司开展了一系列公共关系活动，试图阻止通用电缆公司的吞并企图，这些活动主要有：

首先，寻求舆论的支持。微点公司在报纸上登出一连串的广告，其主题是"下一个会不会轮到你？"登这种广告的目的就是要引起那些中小型公司的同情与共鸣。同时，给64家绩效好的中小型公司主管去信，主题是"下一个会不会轮到你？"请求他们对微点公司给予明确支持，并把那些支持微点公司的回信印成小册子广为散发。

其次，与新闻界、银行机构直到政府部门保持密切的联系与沟通，请求他们的干预和支持，微点公司给全国最大的50家银行主管去信，表明自己的观点，指出倘若通用电缆公司的阴谋得逞，这将对美国经济产生危害，要求这些银行发表声明支持微点公司。微点公司还向国会申诉，成功地使参议院银行听证委员会紧急召开了一次听证会。在听证会上，微点公司代表激昂的讲演，获得了议员们的同情。

王司徒巧使连环计

另外，微点公司始终同公司的股东们保持密切的联系，寻求他们的支持。在历时两个多月的危机中，微点公司平均每个星期给股东们发两封信，请股东们写信给通用电缆公司的董事们，立法委员会证券交易委员会的委员们，抗议通用电缆公司的不公平的行为，并且提高了公司股票的价格，同时也向股东们明确解释此举的重要性，求得了股东们的合作与支持。

经过两个多月的激烈交锋，微点公司的公共关系活动产生了巨大效果，舆论的天平倒向了微点公司。迫于舆论的压力，通用电缆公司被迫宣布停止对微点公司的吞并活动，一场震动全国的吞并与反吞并事件平息了。

微点公司在面临吞并的危急关头，利用舆论的力量攻击通用公司，并博得公众的同情，最后达到自己的目的，这也是借刀杀人之计在商场上的运用。

驽臣借刀杀良将

据《北齐书》记载，公元前 560 年，北周派他们的柱国纥干广略围困了北齐的宜阳。斛律光奉命率领步骑兵 5 万赶去救援，与周军大战于宜阳城下，攻占了北周的建安等地，俘获敌军 1000 多人，胜利返还。部队行进还未抵达邺县，皇帝就下令让斛律光解散队伍，遣散士兵。斛律光认为士兵们在战斗中大多都立下了功勋，尚未得到朝廷的慰劳，如果立即解散，他们就不能受到应有的奖赏了，于是斛律光秘密向朝廷上了奏章，请求朝廷派使者来宣布慰劳的旨意，自己则依旧率军队向京城行进。朝廷迟迟没有派出使者，斛律光的军队已经返还，当即将踏上进京城的大道时，斛律光便把军队驻歇在这里等待朝廷的使者。北齐后主得知斛律光的军队已经驻扎在京城附近，心中很是恼怒，急忙派人叫斛律光入朝相见，然后宣布慰劳军队，遣散士兵，拜斛律光为左丞相，另外又封他为清河郡公。

斛律光入朝，常在堂上垂帘而坐。大臣祖珽因双目失明而不知他在此，骑着马从他面前经过。斛律光很恼怒，对人说："这个人竟敢这样做！"后来祖珽入见后主，说话声音很高而且傲慢，适逢斛律光由外经过，听到了他说话的声音，更加恼怒。祖珽知道斛律光恼恨自己，就贿赂斛律光的侍从，并问："相王是不是嗔怪孝徵了？"侍从说："自从您重被任用，相王经常在夜间抱膝叹息道：'盲人入朝，国家一定要破亡了！'"穆提婆请求娶斛律光的女儿，斛律光不许给他。后主把晋阳的良田赏赐给穆提婆，斛律光在朝上说："这儿的田地，自神武帝以来常是种稻禾的，还养了几千匹战马，以备战难之时急用，现在赐给提婆，不是会妨害军务吗?”为此，祖珽、穆提婆等人对斛律光嫉妒如仇，积下私怨。

北周将军韦孝宽对斛律光的英勇善战感到忧虑，早想谋杀他，以削弱北齐的力量。当得知北齐朝臣内部矛盾，就抓住这个机会编造谣言，派间谍把谣言散布在邺县，说“百升飞上天，明月照长安”，还说“高山不推自崩，槲树不扶自竖”。影射斛律光快要占领长安，北齐姓高的皇帝必然垮台，斛律光将做皇帝。祖珽得知以后又添油加醋：“盲眼老公背受大斧，饶舌老母不得语。”让儿童们在大街小巷传唱。穆提婆听到后就告诉了他的母亲继令萱（此人系北齐后主的乳母）。继令萱认为歌中的饶舌老母是指自己，盲眼老公是说祖珽，于是就同祖珽一起商量，将谣言之事禀告后主，并说：“斛律一家几代都是大将，斛律光善战威武，名声震动了关西，斛律羡的威名传于突厥，斛律光的女儿是当今皇后，儿子娶的是公主，名高势重，谣言中所说的实在值得畏惧啊!”后主以此事问大臣韩长鸾，长鸾认为不可能会是真的，这事就放下了。祖珽再次进宫见后主，要求避开众人私下商议事情，只留下何洪珍一人在旁边。后主说：“前些天得到您的报告，我就想除掉斛律光，但韩长鸾却认为事情不可能是真的。”祖珽没有答话，何洪珍进言道：“如果您本来没有除掉他的打算，那就算了，现在既然已经有了这个想法而又不果断地施行，万一泄露出去怎么办泥？”后主说：“洪珍的话说得有道理。”但仍然犹豫不决。这时丞相府佐封士秘密上书说：“斛律光前次征西而还，皇上命令他解散军队，他却让军队逼临京城，将要图谋不轨，事情未能成功才罢休了。他的家中藏有兵器，拥有奴隶僮仆数以千计，又经常派人到斛律羡和斛律武都那儿，私下往来搞阴谋。如果不及早除灭，恐怕事情就很难预料了。”书中说的“军逼帝京”之事，恰是后主过去就疑虑过的，后主对洪珍说：“人们也都能察觉到可疑迹象的，我从前就曾怀疑他要谋反，现在果然如此。”后主生性懦弱，害怕斛律光马上就会发动谋反，就派何洪珍立即把祖珽召来，以此事相告。又担心捉拿时斛律光不服从。祖珽就说：“如果就这样明着召他来，恐怕他心存疑虑而不肯来。可以派使者去赐给他一匹骏马，告诉他‘明天皇上将到东山游观，您可以乘这匹马同去’，这样的话斛律光必定会来向皇上谢恩，就可以把他带进来抓住。”后主就照祖珽之计行事。不一会儿，斛律光来了，带入凉风堂内，刘桃枝从他身后拉住他把他杀掉了，这一年斛律光是 58 岁。于是后主下诏说斛律光谋反，现在已经依法受诛，其余的亲属不须再问罪。但不久就又下诏，将斛律一族全部诛灭了。从此，北齐军威不震，国势日衰。

第四计　以逸待劳

【原文】

困敌之势，不以战，损刚益柔①。

【注释】

①损刚益柔：语出《易·损》卦："损刚益柔有时，损益盈虚，与时偕行。"刚，刚强；柔，柔弱。原意为损减刚强者，增益柔弱者。但这种损益不可无休止地进行，故称"有时"。此处谓损减敌人的实力，增益我虚弱之处，不需要战斗，就可陷敌于被动。

【译文】

使敌人处于困难的局面，不一定采取直接进攻的手段，可以根据刚柔相互转化的原理，实行积极防御，逐渐地消耗，疲惫敌人，使它由强变弱，我方就自然会变被动为主动。

【按】此即致敌之法也。兵书云："凡先处战地而待敌者佚，后处战地而趋战者劳。故善战者，致人而不致于人。"[①] 兵书论敌，此为论势，则其旨非择地以待敌，而在以简驭繁，以不变应变，以小变应大变，以不动应动，以小动应大动，以枢应环也[②]。

【注释】

①兵书云："……致人而不致于人"：语出《孙子兵法·虚实篇》。

②以枢应环：语出《庄子·齐物论》。枢，中心、关键、枢纽；环，喻无穷的循环变化。以枢应环，以中心枢要对付循环无穷的变化。

【译文】

这就是调动敌人的方法。兵书上说："凡首先在战地等待敌人的人就会安逸而精力充沛，后来赶到战地仓促应战的人就会疲惫不堪。因此善于打仗的人，能够调动敌人而不会被敌人所调动。"兵书上讨论如何应敌的问题，这里只是讨论总的局势。它的要点并不是选择一个地方来等待敌人，而在于以简便的方法来驾驭繁杂的问题。以不变应付万变；以小变应付大变；以不行动应付行动；以小行动应付大行动；以抓中心环节来应付周围环境的变化。像管仲将军令寓于内政事务之中，以扎扎实实加强战备（见《史记》卷六二《管晏列传》）；孙膑在马陵道伏击庞涓（见《史记》卷六五《孙子吴起列传》）；以及李牧坚守雁门，久不出击，只是不断充实、装备自己，最终大破了匈奴（见《史记》卷八一《廉颇蔺相如列传》）等。

【计名探源】

以逸待劳，语出于《孙子·军争篇》：故三军可夺气，将军可夺心。是故朝气锐，昼气惰，暮气归。故善用兵者，避其锐气，击其惰归，此治气者也。以治待乱，以静待哗，此治心者也。以近待远，以佚（同逸）待劳，以饱待饥，此治力者也。”又，《孙子·虚实篇》：“凡先处战地而待敌者佚（同逸），后处战地而趋战者劳。故善战者，致人而不致于人。”原意是说，凡是先到战场而等待敌人的，就从容、主动，后到达战场的只能仓促应战，一定会疲劳、被动。所以，善于指挥作战的人，总是调动敌人，而决不会被敌人调动。

【评语】

“以逸待劳”，一作“以佚待劳”，其义谓：战时养精蓄锐，待敌人疲惫之后，相机而动，一举取胜。语出《孙子·军争篇》：“以近待远，以佚待劳，以饱待饥，此治力者也。”《后汉书》卷十七《冯异传》亦云：“今先据城，以逸待劳，非所以争也。”其原意即指军事而言。也就是说，善于指挥战争的人，总能够依计调动敌人，而决不会被敌人所调动的。

此计所强调重点在于：要在战争中获胜，不能完全一律采用进攻之法，关键在于掌握主动权，相机而动，以不变应万变，以静制动；积极调动敌人，创造战机，而决不让敌人调动自己。所以，决不可把以逸待劳的“待”字，理解成守株待兔式的消极等待。

古人认为，“以逸待劳”的最终目的，不仅在于选择有利的地形，等待有利的战机，而且其重点应当是以少胜多，以不变应万变，以小的变化应付大的变化，以静止状态应付活动态势，这便是获胜的关键之所在。

【战例】

晋军以逸待劳避秦师

上次孟明视领军偷袭郑国不遂，回程途中反而被晋军在崤山设伏打了个全军覆没，连孟明视、西乞术、白乙丙三名主帅副帅也被晋军俘虏了。后来晋襄公念着秦晋数代通婚友好，与秦穆公的关系又还未决裂，才把他们放回国去。

孟明视等三人回到秦国，不仅没有受到秦穆公的指责处罚，反而恩宠有加，继续重用为领军之帅，三人十分感激，更加尽力尽心训练士卒，厉兵秣马，以图一报崤山大败之仇。

不久，晋襄公又联合宋、陈、郑几国兵马，乘秦军元气大伤的机会，再度入侵秦国。秦国也果然没有任何抵挡，任由晋国占领了边境几处城邑。身为三军统帅的孟明视，没有主动请命防御入侵之敌，很为朝野上下所不理解，微言纷起，都说他被晋人打怕了，现在一听见晋军入侵，就害怕啦。孟明视还是没有辩解。倒是秦穆公对众大臣解释说："孟元帅之所以没有率兵抗晋，是我们的力量还没有恢复，还不是跟晋军决战的时候。时机一到，他一定能打败晋军，一报崤山兵败之辱的，各位且请拭目以待。"

孟明视很为穆公能够理解自己而感动。经崤山一战，他慎重多了，再也不敢轻率从事，更不敢轻易言战。他感激穆公的知遇之恩，也更加刻苦地整治部队，训练将士。

一年之后，秦军恢复了元气，将士经严格训练，作战能力也大大提高。于是，他提出了征伐晋国的请求。他满怀信心地对穆公说："这次如果再不能雪耻洗辱，我孟明视誓不生还秦国见主公！”

“好，我亲自为你督军出征！”秦穆公也意气奋发。“作为秦国之主，这几年来，我军对晋军屡战屡败，受够了晋军的欺侮，如果这次还不能打败晋国，我也没有面目回来见百姓了！”

孟明视挑选了500乘战车和几千精兵，临出发时，又给参战的将士的家庭送去丰厚的财物和赠赐。这一举动，令全军上下大为感动，士气大振，都决心跟从孟元帅，一定要战胜晋军，一报崤山兵败之仇。

选定吉日，秦穆公亲自率领大军出发。不日，便过了黄河，进入秦晋边境。孟明视下令把渡船全部烧毁。秦穆公大为吃惊：“孟元帅，你为什么把渡船都烧毁啦？”

孟明视不无悲壮地说：“‘兵以气胜。’我军屡被晋军所败，将士们一听说与晋军打仗，口里虽然说振奋向前，心里却免不了还要怯懦害怕，士气很低落。现在我们虽然烧毁了渡船，但如果胜利了，何愁无船可渡？一旦兵败，也无须再回去啦！这是为了给将士们一个鞭策：我们这次是有进无退，只许成功，不许失败的。这是兵法上说的“置之死地而后生”！希望能够以此激励士气。”

秦穆公恍然大悟，连连点头称好。

随后，孟明视亲自为先锋，率军长驱直入晋境，一鼓作气连连攻破数座城池，真正是所向披靡。

晋襄公接到边境急报，忙与群臣商量抗敌之策。

丞相赵衰说：“秦军是我们婚姻友好之邻国，数度有恩于我国，却又被我们数次打败，他们全国上下对我们可谓恨之入骨了。这次穆公亲自领军来攻打我们，分明是誓不两立的意思。经孟明视整治训练了一年的秦军已今非昔比，战斗力肯定大胜从前。其气正怒，其势方锐，全军上下同仇敌忾，必然勇不可当。我们不如稳守为主，避一避他们的锐气，任由他们一逞威风，好让他们心中积聚多年的怨气得以宣泄。这样有可能解开两国这些年所结下的仇怨，重新修好，免除永无休止的纷争。请主公三思。”

秦晋大战龙门山

先轸去世后，接任元帅的先且居也说："丞相说得对。俗话说：困兽犹斗。何况秦军又是骁勇善战的大国军队呢！如与他们硬拼，吃亏的一定是我们。他们这次来既然是志在必胜的，干脆就让一让他们，任由他们在边境地方宣泄一阵，以满足他们求胜的欲望。只要我们坚守不战，他们略有所得，就会退兵回去了。"

既然文武重臣都这么说，晋襄公即下令严守各处要塞重地，任由秦军在边野之地为所欲为，坚决不与之交战。

这样，秦军在边境一带掳掠一番，见晋军并不应战，都以为晋军怕了秦军，几次落败的怨气和仇恨得以宣泄，心理上得到满足，也就转上崤山，收拾上次阵亡将士的尸骨后，回国去了。

晋楚城濮之战

公元前 632 年的晋楚城濮之战，是春秋时期晋、楚二个诸侯国争霸中原的一次战争。在这场战争之初，楚国的实力强于晋国，而且楚国有许多盟国，声势浩大。城濮之战以楚国出兵攻宋，宋成公派人来晋求救为引子展开。但晋国并不靠近宋国，远道救宋，必须经过楚国的盟国曹、卫，形势于晋不利。可是，晋军制订了正确的战略战术，运用谋略争取了齐、秦两个大国的援助，取得了“伐交”、“伐谋”方面的优势，最终击败了楚军，争得了中原霸主的地位。城濮之战中晋军的胜利，不胜在实力，而胜在谋略。

春秋时期，地处江汉之间的楚国日益强盛，它控制了西南和东面的许多小国和部落。在楚文王时期，楚国开始北上向黄河流域发展，攻占了申（今河南南阳北）、息（今河南息县西南）、邓（今河南漯河市东南）等地，并使蔡国屈服。楚成王时期，齐国崛起，齐桓公称霸中原，楚国难以再向北扩张。齐桓公死后，齐国内乱，霸业衰落，这时楚国乘势向黄河流域扩展，控制了鲁、宋、郑、陈、蔡、许、曹、卫等小国。公元前 638 年，楚军在泓水之战中打败了宋襄公，开始向中原发展，期望成就霸业。

正当楚国图谋中原称霸之时，在今天的山西西南的晋国也逐渐强盛起来。公元前 636 年，流亡在外十九年的晋公子重耳在秦国的帮助下回国即位，称晋文公。晋文公即位后，实施一些改革措施和外交活动，逐步具备了争夺中原霸权的强大实力。

早在晋文公即位的那年，周襄王遭到他兄弟叔带勾结狄人的攻击，王位被夺，文公及时抓住了这个尊王的好机会，平定了周室的内乱，护送周襄王回到洛邑。襄王以文公勤王有功，便赐以阳樊、温（今河南温县西）、原（今河南济源西北）等地。晋文公遂命赵衰为原大夫，狐溱为温大夫，经营这一对争霸中原有战略意义的地区。由于晋文公抓住了“尊王”这块招牌，在诸侯中的地位大为提高。晋国势力的迅速发展，引起了楚国的不安。楚国急于想阻止晋国的进一步向南发展，而晋国要想夺取中原霸权，就非同楚国较量不可。因此，晋、楚之间的矛盾日益尖锐起来。

公元前 634 年，鲁国因和莒、卫两国结盟，几次遭到齐国的进攻，便向楚国请求援助。而宋国因在泓水之战中被楚国击败，襄公受伤而死，不甘心对楚国屈服，看到晋文公即位后晋国实力日增，也就转而投靠晋国。楚国为了保持其中原的优势地位，便出兵攻打齐、宋，并借以制止晋国的向南扩展。晋国也正好利用这一机会，以救宋为名，出兵中原。这样，晋楚两国的军事交锋便不可避免地发生了。

公元前 633 年冬，楚成王率领楚、郑、陈、蔡等多国军队进攻宋国，围困宋都商丘；宋国的司马公孙固到晋国告急求援。于是文公和群臣商量是否出兵及如何救宋。大夫先轸力劝晋文公出兵救宋，他认为，救宋既能够“取威定霸”，又报答了以前晋文公流亡到宋国时，宋君赠送车马的恩惠。但是宋国不靠近晋国，劳师远征救宋，必须经过楚国的盟国曹、卫；而且楚军实力强大，正面交锋也恐怕难以取胜。晋国的狐偃针对这一情况，建议晋文公先攻曹、卫两国，那时楚国必定移兵相救，那样宋之围便可解除。晋文公采纳了这一建议。尽管如此，晋国感到真正的敌人是楚，要对付如此强大的敌人，必须进行较充分的准备。晋国按照大国的标准，扩充了军队，任命了一批比较优秀的贵族官吏出任军队的将领。

经过一段时间的准备，晋文公于公元前 632 年 1 月，将军队集中在晋国和卫国的边境上，借口当年曹共公侮辱过他，要求假道卫国进攻曹国，遭到卫国拒绝。晋文公迅速把军队调回，绕道从现河南汲县南黄河渡口渡河，出其不意地直捣卫境，先后攻占了五鹿及卫都楚丘，占领了整个卫地。晋军接着又向曹国发起了攻击，三月间，攻克了曹国都城陶丘（今山东定陶），俘虏了曹国国君曹共公。

晋军攻占了曹、卫两国，但楚军却依然用全力围攻宋都商丘，宋国又派门尹般向晋告急求救。晋文公开始感到左右为难了。不出兵救宋吧，宋国国力不支，一定会降楚绝晋；出兵吧，自己兵力单薄，没有必胜的把握，何况直接与楚发生冲突，会背忘恩负义之名。

晋、楚城濮之战

（文公当初流亡路过楚国时，楚成王招待他非常周到，不仅留他住了几个月，最后还派人护送他到秦国。）这时，先轸分析了楚与秦、齐两国的矛盾，建议让宋国表面上同晋国疏远，然后由宋国出面，送一份厚礼给齐、秦两国，由他们去请求楚国撤兵，晋国则把曹共公扣押起来，把曹、卫的土地赠送给宋国一部分。楚国同曹、卫本是结盟的，看到曹、卫的土地为宋所占，必定会拒绝齐、秦的劝解。这样楚国就将触怒齐、秦，他们就会站在晋国一边，出兵与楚作战。晋文公对此计十分赞赏，且马上施行。楚国果然上当中计，拒绝了秦、齐的调停。而齐、秦见楚国不听劝解，大为恼怒，便出兵助晋。齐、秦的加盟，使晋、楚双方的力量对比发生了根本性的变化。

楚成王看到齐、秦与晋联合，形势不利，就令楚军从前线撤退到楚地申，以防秦军出武关袭击它的后方。同时命令戍守谷邑的大夫申叔迅速撤离齐国，命令尹子玉将楚军主力撤出宋国。子玉对楚成王回避晋军很不满意，他对成王说："你过去对晋侯那么好，他明明知道曹、卫是楚的盟国，与楚的关系密切，而故意去攻打它，这是看不起你。"楚成王说："晋侯在外流亡了十九年，遇到很多困难，而最后终于能够回国取得君位，他尝尽艰难，充分了解民情，这是上帝给他的机会，我们是打不赢他的。"但是子玉却骄傲自负，听不进楚成王的劝告，仍要求楚王允许他与晋军决战，并请求增加兵力。楚成王勉强同意了他的请求，但不肯给他多增加兵力，只派了少量兵力去增援他。于是，子玉以元帅身分向陈、蔡、许、郑四路诸侯发出命令，相约共同起兵。他的儿子也带了六百家兵相随。子玉自率中军，以陈、蔡二路兵将为右军，许、郑二路兵将为左军，风驰雨聚，直向晋军扑去。

子玉逼近晋军后，为了寻求决战的借口，派使者宛春故意向晋军提出了一个"休战"的条件：晋军必须撤出曹、卫，让曹、卫复国，楚军则解除对宋都的围困，从宋国撤军。中军元帅先轸提出一个将计就计的对策，以曹、卫与楚国绝交为前提，私下答应让曹、卫复国；同时，扣押楚国的使者，以激怒子玉来战。晋文公采纳了他的计策。子玉得知曹、卫叛己，使者又被扣，便恼羞成怒，倚仗着楚国的优势兵力，贸然带兵扑向晋军，寻求决战。

晋文公见楚军来势凶猛，就命令晋军后撤，以避开它的锋芒。有些将领不理解文公的意图，问文公："没有交手，为什么就后退呢?"文公说："我以前在楚的时候曾对楚王说过，如果晋楚万一发生了战争，我一定退避三舍。我是遵守诺言的。"实际上，晋军的"避退三舍"，是晋文公图谋战胜楚军的重要方略。晋军"避退三舍"（九十里）后，退到了卫国的城濮，这里距离晋国比较近，后勤补给、供应方便，又便于齐、秦、宋各国军队会合；在客观上，"避退三舍"也能起到麻痹楚军、争取舆论同情、诱敌深入、激发晋军士气等多重作用，将晋军的不利因素变为了有利因素，为夺取决战胜利奠定了基础。

晋军退到城濮停了下来。这时，齐、秦、宋各国的军队也陆续到达城濮和晋军会师。晋文公检阅了军队，认为可以与楚军决战。这时，楚军追了九十里也到达城濮，选择了有利的地形扎下营。随后就派使者向晋文公挑战。晋文公很有礼貌地派了晋使回复子玉说："晋侯只因不敢忘记楚王的恩惠，所以退避到这里。既然这样仍得不到大夫（指子玉）的谅解，那也只好决战一场了。"于是双方约定了开战的时间。

公元前632年4月4日，晋楚两军决战开始。晋军针对楚军中军强大，左右翼军薄弱的部署特点，和楚军统帅子玉骄傲轻敌、不谙虚实的弱点，发起了有针对性的攻击。晋下军佐将胥臣把驾车的马蒙上虎皮，出其不意地首先向楚军中战斗力最差的右军——陈、蔡军进攻，陈、蔡军遭到这一突然而奇异的进攻，惊慌失措，弃阵逃跑，楚右翼就这样迅速崩溃了。

晋军同时也把进攻的矛头指向楚左军。晋上军主将狐毛在指挥车上故意竖起两面镶有彩带的大旗，非常醒目，远远就可望见。狐毛和许、郑联军一接触，就故意败下阵来。在逃跑时，在车的后面拖了很多树枝，树枝刮起的尘土，遮天蔽日，给在高处观阵的子玉造成了错觉，以为晋军溃不成军了，于是急令左翼部队奋勇追杀。晋中军元帅先轸等见楚军已被诱至，便指挥中军横击楚军，晋上军主将狐毛回军夹击楚左军。楚左军退路被切断，陷入重围，基本就歼。子玉见左右两翼军都已失败，急忙下令收兵，才保住中军，退出战场。城濮之战最终以晋胜楚败而告终。

以逸待劳孙膑报血仇

在公元前342年，魏国庞涓带兵攻打韩国。韩国求救于齐。齐国决定出兵，其阵容是由田忌为将，孙膑为军师，作战计划是直捣魏都大梁。庞涓听说本国国都告急，立即引兵回救。把战场设在哪里呢？孙膑心中早有打算。他对田忌说：魏国士兵悍勇，而齐军怯弱，要打胜仗，必须因势利导。孙膑抓住庞涓骄兵轻敌的弱点，故意退兵，装作返回齐国的样子。在行军途中，第一天齐军做饭，埋锅灶10万个，第二天，减为5万个，第三天减少为3万个。庞涓见后，认为齐军逃亡严重，不堪一击，更加穷追猛赶。孙膑根据魏军的行动计划，判断他们必定在日落后赶到马陵。马陵为山地，道路狭窄，路两旁多高山，树木茂盛。齐军便在此设伏，养精蓄锐。待魏军进入马陵道时，已疲惫不堪。齐军利用有利地形，大败魏军。孙膑终于一洗砍去双脚之恨。

曹刿论战以逸待劳败齐国

春秋时期，齐王拜鲍叔牙为大将，命他率兵进犯鲁国。

鲁庄公过去在乾时吃过齐国的败仗，听到齐军又来了，很惊惶失措，便问大臣施伯说："齐国简直太欺侮人了，有什么办法可以抵抗呢？"

施伯想了好一会，依然无法可想，却说："我可以推荐一个人来，也许有办法应付！"

"是谁？"

"曹刿！"施伯说，"他是一位隐士，虽然没有做过官，我看此人却有将相之才！"

"去请他来谈谈吧！"

施伯于是去看曹刿，寒暄过后，把来意告诉他。曹刿便笑起来，问："难道在朝的文武百官没有一个可以当此大任吗？反而到这穷乡僻壤里找我！真是笑话，笑话！"

"老实说，有人才的话，也不会麻烦你了。"施伯一边答、一边看看曹刿的脸色，"如果你有办法把敌人打退的话，不一样可以列朝为官吗！"

曹刿考虑了一会才答应，说："好吧。去试试看。这不是做官不做官的问题，而是国家兴亡，匹夫有责！"

于是一同去见鲁庄公。庄公问："你有什么办法可以抵抗齐国的侵略吗？"

曹刿答："战争的情况是变化莫测的，不可以遽下结论，如果能够给我一个随军参战的机会，也许可以临机应变设计制胜。"

庄公听他这么说，心里很是欢喜，便叫他做参谋，随军出征，到了长勺地方，和齐军对垒起来。

齐将鲍叔牙看见鲁军出迎了，立即展开攻势。他从前在乾时曾打败过鲁军，把庄公视为手下败将，有轻敌之心，乃下令全面出击，想一下把庄公捉过去。一时战鼓齐鸣，喊杀连天，兵士如山崩海倒般冲过来。

庄公着了慌，也连忙下令擂鼓出击。曹刿立即制止，说："且慢！敌人的锐气正旺盛，只可以严阵以待，急躁不得！"于是传令偃旗息鼓，坚守阵地，不准掠扰喧哗，轻举妄动，违令者斩。

齐军一阵冲锋过来，却如木板碰铁桶一样，冲不进去只得退下；过了一会，再次擂鼓冲锋，鲁军依然不动摇，铁桶似乎的更加坚固，又退了下来。鲍叔牙很得意地对部属说："鲁军吃过了苦头，一定害怕起来了，两次挑战都不敢出，证明已心怯胆丧，如果再来一轮冲锋，哈哈！不埋头夹尾逃窜我才不相信呢！"

跟着下达第三次冲锋命令，战鼓又像雷一样响起来。这时齐兵虽然嘴里叫喊着，心里也认为敌军不敢出来，斗志无形中已松懈下去。

曹刿听到齐军的第三次鼓响了，便对庄公说："是出击的时候了，下令冲出去！"

战长勺曹刿败齐

鲁兵一闻鼓响，如猛虎捕食一样，迅雷不及掩耳地冲出去。齐兵防不到这一招，慌忙招架，被杀的七零八落，大败而逃。

庄公见打了胜仗，欢喜得像什么似的，忙下令乘胜追击。曹刿又加制止："别忙！等一会儿。"说完跳下车去，看看地上的车辙马迹，又站回车顶，向齐军望了一阵，然后说："放心追击下去，杀它个片甲不留！"追杀了三十里，把侵略军狠狠地赶回齐国去，俘获的战利品堆积如山。

在举行庆功宴的时候，庄公满怀高兴地问曹刿："我很不明白你当时为什么要等到敌军三通鼓罢才肯擂鼓出击，其中奥妙可以告诉我吗？"

曹刿便说："凡打仗，全凭一股勇气，擂鼓就是冲锋的信号。第一次鼓响，是士气最旺盛的时候，好比一群猛虎下山，千万不可撄其锋；第二次鼓响，也碰不到难对付的时候，士气就开始松懈，斗志逐渐降下去了；到了第三次鼓响，士气到了疲惫地步，纵能鼓噪，战斗力也减少了大半。所以，我乘敌人的三通鼓罢，然后出其不意，一鼓作气，策鞭催马，攻疲乏之兵，自然会将他们打垮喽！”

“可是，当敌人败退的时候，你又阻我不忙追击，待望过天，看过地之后，才下令穷追，这又是什么道理呢？”庄公再问。

曹刿又向他解释说：“兵不厌诈，乃古之名训。齐军是诡计多端的，它败走，说不定其中有诈，诱我交锋，一旦不慎，很可能会中埋伏，弄到全军覆没的。因此，我特别下车去，看看车辙马迹，杂沓非常，证明这是他仓惶逃命，不规则的败阵了，但还信不过，再跑上车顶望望，见他们一窝蜂地狼狈鼠跑，连军旗也东倒西歪的，就确信他们已真的被打败，因此才敢大胆进军。”

“你真是一个卓越的战略家！”庄公说完，满赐一杯胜利酒，下令班师回朝。

王翦以逸待劳败楚军

公元前226年，秦将王贲进攻楚国，攻陷十多座城。秦王嬴政询问将军李信说：“我想要夺取楚国，根据你的推测，需要出动多少人的军队才够?”李信说：“不过用二十万人。”秦王嬴政又询问王翦，王翦说：“非六十万人的大军不可。”秦王说：“王将军已经老了，怎么如此胆怯啊!”便派李信、蒙恬率领二十万人进攻楚国。王翦于是称病辞职，返回故乡频阳。

秦将王翦杀楚将项燕

秦将李信进攻平舆县，蒙恬攻击寝县，大败楚军。李信再攻鄢郢，攻克了该城，于是率军西进，到城父与蒙恬的队伍会合。楚军趁机尾随在后，三天三夜不停宿休息，反击中大败李信的军队，攻入秦军的两个营地，斩杀了七个都尉。李信率残部逃奔回秦国。

秦王嬴政闻讯，暴跳如雷，亲自前往频阳向王翦道歉说：“我没有采用将军你的计策，而李信果然使秦军蒙受了耻辱。现在将军你虽然患病，但难道就忍心抛下我不管吗?!”王翦仍推辞道：“我实在病得不能领兵打仗了。”秦王嬴政说：“好啦，不要再这么说了!”王翦说：“如果不得已一定要用我的话，非用六十万人的军队不可!”秦王嬴政答道：“就听从将军你的主张行事吧。”于是王翦率领六十万大军征伐楚国，秦王亲自送行到霸上。王翦请求秦王赏赐他相当多的良田美宅。秦王说：“你就出发吧，为什么还要担心日后贫穷呀!”王翦说：“身为大王您的将领，虽立下战功，但最终仍不能被封侯，所以趁着大王现在正看重我，请求赏赐田宅，好为子孙留下产业啊。”秦王嬴政听后大笑不止。王翦率军开拔，抵达武关，又陆续派遣五位使者向秦王嬴政请求赏赐良田。有人说：“将军您向秦王求讨东西也已是太过分了吧!”王翦答道：“不是这样。大王心性粗暴而多猜忌，如今将国中的武装士兵调拨一空，专门托付给我指挥，我若不借多求赏赐田宅为子孙谋立产业，表示坚决为大王效力，大王反倒要无缘无故地对我有所怀疑了啊。”

秦将王翦率大军取道陈丘以南抵达平舆。楚国人闻讯王翦增兵而来，便出动国中的全部兵力抵抗秦军。

王翦下令坚守营寨不与楚军交锋。楚人多次到营前挑战，秦军始终也不出战。王翦每天让士兵休息、洗沐，享用好的饮食，安抚慰问他们，并亲自与他们共同进餐。这样过了很长一段时间，王翦派人打听："军中进行什么嬉戏啊？"回答说："军士们正在玩投石、跳跃的游戏。"王翦便说："这样的军队可以用来作战了！"此时楚军既然无法与秦军交锋，就挥师向东而去。王翦即率军尾追，令壮士们发起突击，大败楚军，直至蕲县之南，斩杀楚国将军项燕，楚军于是溃败逃亡。王翦乘胜夺取并平定了楚国的一些城镇。

韩信以逸待劳大破龙且军

韩信的军队已攻下临淄，就向东追击齐王田广。项羽派龙且率领军队援救，号称二十万，与齐王田广的军队在高密会合。有人向龙且建议："汉军千里求战，每战都拼命，攻势难以抵挡。而齐、楚联军在自己的国土上作战，稍受挫折，就会瓦解。不如坚守营垒，让齐王派使者去联络已经落入汉军掌握中的城市，这些城市的军民知道他们的王还在，又有楚军来救援，就会背叛汉军。汉军离他们的根据地有二千多里，在齐国完全孤立，城市纷纷反叛，他们的粮草势必断绝，就可以不战而降伏他们。”龙且说：“我很了解韩信的为人，他是容易对付的！他靠洗衣的老太婆养活，连自己养活自己的办法都没有，被人在胯下侮辱，说明他生性懦弱，没有一点丈夫气概，这种人根本不值得畏惧。况且我奉命救齐，假如不打仗就降服了他们，我还有什么功劳？我打败了汉军，就可获得齐国的一半国土。”高帝四年十一月，齐、楚联军隔着潍水布阵。韩信在夜里下令准备一万多个袋子，满塞泥沙，在潍水的上游垒起一堤坝，率领军队的一半渡过潍水向龙且的军队发起攻击，假装被打败，向后逃跑。龙且果然大喜说：“我就知道韩信是个胆小鬼！”就挥师追击，韩信命令人将那道拦河坝拆开，河水奔流而下，龙且的军队大部分被拦在河对岸。韩信又指挥大军向已经渡过河来的龙且军队发动猛攻，斩杀龙且。留在潍水那边的楚军纷纷逃走，齐王田广也逃跑，韩信追到城阳，终于俘虏了田广。汉将灌婴乘机挺进到博阳。田横听说田广已死，就自立为齐王，反攻灌婴，在嬴下（今山东莱芜县）会战，又被击败，就逃亡到魏地，投奔彭越。灌婴又乘胜在千乘（今山东高青县）攻击齐将田吸，曹参在胶东（今山东平度县）攻击齐将田既，都取得胜利，齐国就全部被汉军征服了。

刘邦以逸待劳擒韩信

汉王朝6年，天下太平，刘邦却心病未除，大臣中他最放心不下的是齐王韩信。韩信足智多谋，善领兵打仗，若韩信反，则是天下大祸。

项羽的大将钟离昧，在项羽失败后，投奔韩信。韩信与钟离昧同是楚人，韩信就收留了他。

刘邦听说韩信收留了钟离昧，更不放心了，一个韩信已难对付，再加上一个钟离昧，更难对付。刘邦派使者持诏书，要韩信交出钟离昧，韩信接到诏书，谎称钟离昧不在他处，不肯交出钟离昧。

高祖接到韩信的书信，心中怀疑，就派暗探察访，暗探到了下邳，恰逢韩信出巡，车马隆隆，前后护卫，不下三五千人，声势很是威赫。侦探回报刘邦，说韩信有反意。

高祖召集众将，商讨对付韩信的方法，众将主张讨伐，高祖沉默不语，诸将退出。陈平进见，高祖向他问计。

陈平知韩信未反，只是不肯替韩信辩护，但称事在缓图，不宜从速。

高祖着急道："这事如何从缓？你总要为朕设

法呀！”

汉王游云楚擒韩信

陈平道：“诸将怎么说。”

刘邦说：“都要我发兵征讨。”

陈平说：“陛下如何知道韩信谋反？”

刘邦说：“有人密报，谋反属实。”

陈平说：“除有人上书外，是否还有人知他谋反的情况？”

刘邦说：“没有。”

陈平又问：“韩信知道有人告他谋反吗？”

“不晓。”

“陛下现有的士卒，能胜过楚兵吗？”

“不能！”

“陛下用兵，必欲派遣得力大将，现在诸将中有人才能比得上韩信吗？”

“没有人能及。”

“兵不能胜楚，将又不及韩信，若突然起兵攻击，激成战争，恐怕韩信不想反也得反了。臣以为陛下此举，未必万全。”

“这却如何是好？”

陈平踌躇多时，才献一策说：“古时天子巡狩，必大会诸侯。臣听说南方有云梦泽，是好风景。陛下只说出游云梦，遍召诸侯，会集陈地，陈与楚西境相近，韩信既为楚王，且闻陛下无事出游，必定然前来谒见，趁他谒见的时候，只需一、二武夫，便好将他拿下，这岂不是垂手而得吗？”

高祖大喜，连说：“妙计！妙计！”

高祖派出使节，先向各国传诏书，说将南游云梦，令诸侯会集陈地，诸侯王怎知有诈，一律从命。

只有韩信得了使命，心中生疑，他被高祖两夺兵权，知道刘邦多诈。此次游云梦，令诸侯会集阵地，更觉其中有疑。陈楚地界毗连，应先去迎谒，但又恐事有不测，意外惹祸，因此迟疑莫决。手下将士见他纳闷，想为他解忧，贸然进言说：“大王并无过失，引皇上怀疑的，只有收留钟离昧一事，今若斩其首级，持谒主上，主上必喜，还有什么忧虑呢？”

韩信听了此言，觉得有理，便召入钟离昧，模模糊糊地说了数语。钟离昧听出了话的意思，又看他面有怒容，不似从前，因此试探道："你莫非忧虑我在此处，得罪汉帝么?"

韩信点点头，钟离昧说："汉之所以不来攻楚，是怕我们二人相连，同心抗拒，若杀我献汉，昧今日死，公亦明日亡!"

钟离昧一面说，一面观察韩信的脸色，仍然如故，于是起座骂韩信道："你是反复小人，我不应投奔你。"说罢拔剑自刎而死。

韩信割了钟离昧的首级，带了数名随从，直到陈地，进见高祖。

高祖到达陈地，韩信已等候多时，一见御跸前来，便伏谒道旁，呈上钟离昧的首级。只听高祖高声道："快与我拿下韩信!"话未说完，已有武士上前，把韩信绑了起来。

韩信叹道："果如人言，狡兔死，走狗烹，飞鸟尽，良弓藏，敌国破，谋臣亡，天下已定，我固当烹。"

高祖说："有人告你谋反，所以拘捕你。"韩信也不多辩，任他绑在后车。高祖计谋得成，还会什么诸侯，遂又颁诏四方，托词韩信谋叛，无暇往游云梦，各诸侯不必来会。此诏一传，即带着韩信，仍由原路驰回洛阳。